# コーヒーと小説

庄野雄治 編

# はじめに

　夢も希望もない人生を送っていたのだけれど、子供が生まれる直前に会社を辞めて、自身の足で歩いて行くと腹をくくった。自分の手で作れるもの、それに大好きな本や音楽と相性のいいもの。コーヒー豆を焙煎するコーヒーロースターという仕事があることを知り、それになると迷わず決めた。

　コーヒーロースターになって、自分は存在してもいいんだって思った瞬間、ふたつの夢ができた。音楽のコンピレーションを作ることと、小説のアンソロジーを編むこと。どちらも世の中にはたくさんあるのに今更《いまさら》って思われるかもしれないが、案外ちょうどいいコンピレーションやアンソロジーはない。もちろん、私がいいなと思うものがね。音楽ならばジャズやボサノヴァのようなジャンルごとや、アーティストごとに選曲された作品はある。小説もSFやミステリー、恋愛に料理などのジャンルで分けられるものや、ひとりの作家の作品で編まれるものがほとんどだ。もちろんそれは、そういう作品集を欲しい人がたくさんいるからなのだろうけれど、ジャンルにとらわれず、ちょうどいい長さのものがあればいいなとずっと思っていた。コーヒー屋になって何年もヒマだった。テレビもパソコンもない店だったから、とにかく一日じゅう本を読んでいた。そのほとんどが小説、しかも古典とされている古い作品ばかり。しかし、これがすこぶる面白かった。そして、それらの作品から、時代は変わっても、人は全然変わっていないんだってことを教えられた。自然災害の前では立ちすくみ、疫病に怯《おび》え、妻と仲良くする男には腹を立て、猫の足の裏はあたたかい。

小説には、ノンフィクションや哲学書のように、何の答えも書かれていない。しかし、それが何より素晴らしい。読んだ人の数だけ物語がある。それは自分で考えるということ。正しいとされる答えを覚える勉強ばかりして育ってきた私たちに必要なのは、自分で考えるということなんだ。

自由なようでいて、小説を書くこと、読むことがこんなにも不自由な時代はないんじゃないか、と思うことがある。小説とは何なのかよくわからない時代、作家たちが情熱を傾けて作った物語の強靭《きょうじん》さと、自由に小説という荒野を駆け回る様《さま》を味わって欲しいと思い、チャーミングな十二編を選んだ。文豪と言われる人たちの作品が多いけれど、決して代表作でもないし、完成度や評価の高い作品ばかりではない。中には未完の作品や、習作まである。だけど、そのどれもがとても読みやすく、すこぶる面白い。それがこの本の唯一のテーマだ。『コーヒーと小説』というタイトルだけれど、小説の中には一切コーヒーは出てこない。

コーヒーはいろんなものに寄り添えるところがいい。特に本との相性は抜群だ。コーヒーを飲みながら、一日一編をゆっくり読む。半月もあれば読み終わる。豊かな時間だったな。そしてまた、時間をおいて何度も手に取る。長く愛でることのできる、強度のある本が一冊あれば、それでいい。

コーヒー屋のくせにではなく、コーヒー屋だから作れた、ちょうどいい小説集。コーヒーを飲みながら楽しんでいただけると、望外の幸せだ。

庄野雄治

目次

はじめに　3
グッド・バイ　太宰治　9
桃太郎　芥川龍之介　49
水仙月の四日　宮沢賢治　61
日記帳　江戸川乱歩　75
鮨　岡本かの子　91

愛撫　梶井基次郎　123
七階の運動　横光利一　131
嫉妬する夫の手記　二葉亭四迷　149
野萩　久生十蘭　169
夜長姫と耳男　坂口安吾　195
少女病　259
忘れえぬ人々　285
おわりに　307

グッド・バイ

太宰治

## 変心（一）

文壇の、ある老大家が亡くなって、その告別式の終わり頃から、雨が降りはじめた。早春の雨である。

その帰り、二人の男が相合傘《あいあいがさ》で歩いている。いずれも、その逝去《せいきょ》した老大家には、お義理一ぺん、話題は、女についての、極めて不きんしんな事。紋服《もんぷく》の初老の大男は、文士《ぶんし》。それよりずっと若いロイド眼鏡、縞《しま》ズボンの好男子は、編集者。

「あいつも」と文士は言う。「女が好きだったらしいな。お前も、そろそろ年貢のおさめ時じゃねえのか。やつれたぜ」

「全部、やめるつもりでいるんです」

その編集者は、顔を赤くして答える。

この文士、ひどく露骨で、下品な口をきくので、その好男子の編集者はかねがね敬遠していたのだが、きょうは自身に傘の用意がなかったので、仕方なく、文士の蛇《じゃ》の目傘《めがさ》にいれてもらい、かくは油をしぼられる結果となった。

全部、やめるつもりでいるんです。しかし、それは、まんざら嘘でなかった。

何かしら、変わって来ていたのである。終戦以来、三年経って、どこやら変わった。

三十四歳、雑誌「オベリスク」編集長、田島周二、言葉に少し関西なまりがあるようだが、自身の出生については、ほとんど語らぬ。もともと、抜け目のない男で、「オベリスク」の編集は世間へのお体裁、実は闇《やみ》商売のお手伝いして、いつも、しこたま、もうけている。けれども、悪銭身《あくせんみ》につかぬ例えのとおり、酒はそれこそ、浴びるほど飲み、愛人を十人ちかく養っているという噂。

かれは、しかし、独身ではない。独身どころか、いまの細君は後妻である。先妻は、白痴《はくち》の女児ひとりを残して、肺炎で死に、それから彼は、東京の家を売り、埼玉県の友人の家に疎開し、疎開中に、いまの細君をものにして結婚した。細君のほうは、もちろん初婚で、その実家は、かなり内福の農家である。

終戦になり、細君と女児を、細君のその実家にあずけ、かれは単身、東京に乗り込み、郊外のアパートの一部屋を借り、そこはもうただ、寝るだけのところ、抜け目なく四方八方を飛び歩いて、しこたま、もうけた。

けれども、それから三年経ち、何だか気持ちが変わって来た。世の中が、何かしら微妙に変わって来たせいか、または、彼のからだが、日頃の不節制のために最近めっきり痩《や》せ細って来たせいか、いや、いや、単に「とし」のせいか、色即是空《しきそくぜくう》、酒もつまらぬ、小さい家を一軒買い、田舎から女房子供を呼び寄せて、……という里心に似たものが、ふいと胸をかすめて通る事が多くなった。

もう、この辺で、闇商売からも足を洗い、雑誌の編集に専念しよう。それについて、……。

それについて、さし当たっての難関。まず、女たちと上手に別れなければならぬ。思いがそこに到《いた》ると、さすが、抜け目のない彼も、途方にくれて、溜息《ためいき》が出るのだ。

「全部、やめるつもり……」大男の文士は口をゆがめて苦笑し、「それは結構だが、いったい、お前には、女が幾人あるんだい？」

## 変心（二）

田島は、泣きべその顔になる。思えば、思うほど、自分ひとりの力では、到底、処理の仕様がない。金ですむ事なら、わけないけれども、女たちが、それだけで引き下がるようにも思えない。

「いま考えると、まるで僕は狂っていたみたいなんですよ。とんでもなく、手をひろげすぎて……」

この初老の不良文士にすべて打ち明け、相談してみようかしらと、ふと思う。

「案外、殊勝《しゅしょう》な事を言いやがる。もっとも、多情な奴に限って奇妙にいやらしいくらい道徳におびえて、そこがまた、女に好かれる所以《ゆえん》でもあるのだがね。男振《ぶ》りがよくて、金があって、若くて、おまけに道徳的で優しいと来たら、そりゃ、もてるよ。当たり前の話だ。お前のほうでやめるつもりでも、先方が承知しないぜ、これは」

「そこなんです」

ハンケチで顔を拭く。

「泣いてるんじゃねえだろうな」

「いいえ、雨で眼鏡の玉が曇って……」

「いや、その声は泣いてる声だ。とんだ色男さ」

闇商売の手伝いをして、道徳的もないものだが、その文士の指摘したように、田島という男は、多情のくせに、また女にへんに律儀《りちぎ》な一面も持っていて、女たちは、それ故《ゆえ》、少しも心配せずに田島に深くたよっているらしい様子。

「何か、いい工夫がないものでしょうか」

「ないね。お前が五、六年、外国にでも行って来たらいいだろうが、しかし、いまは簡単に洋行なんか出来ない。いっそ、その女たちを全部、一室に呼び集め、螢の光でも歌わせて、いや、仰げば尊し、のほうがいいかな、お前が一人一人に卒業証書を授与してね、それからお前は、発狂の真似をして、まっぱだかで表に飛び出し、逃げる。これなら、たしかだ。女たちも、さすがに呆《あき》れて、あきらめるだろうさ」

まるで相談にも何もならぬ。

「失礼します。僕は、あの、ここから電車で……」

「まあ、いいじゃないか。つぎの停留場まで歩こう。何せ、これは、お前にとって重大問題だろうからな。二人で、対策を研究してみようじゃないか」

文士は、その日、退屈していたものと見えて、なかなか田島を放《はな》さぬ。

「いいえ、もう、僕ひとりで、何とか……」

「いや、いや、お前ひとりでは解決できない。まさか、お前、死ぬ気じゃないだろうな。実に、心配になって来た。女に惚《ほ》れられて、死ぬというのは、これは悲劇じゃない、喜劇だ。いや、ファース（茶番）というものだ。滑稽《こっけい》の極《きわみ》だね。誰も同情しやしない。死ぬのはやめたほうがよい。うむ、名案。すごい美人を、どこからか見つけて来てね、そのひとに事情を話し、お前の女房という形になってもらって、それを連れて、お前のその女たち一人一人を歴訪する。効果てきめん。女たちは、皆だまって引き下がる。どうだ、やってみないか」

おぼれる者のワラ。田島は少し気が動いた。

## 行進（一）

田島は、やってみる気になった。しかし、ここにも難関がある。

すごい美人。醜《みにく》くてすごい女なら、電車の停留場の一区間を歩く度《たび》ごとに、三十人くらいは発見できるが、すごいほど美しい、という女は、伝説以外に存在しているものかどうか、疑わしい。

もともと田島は器量自慢、おしゃれで虚栄心が強いので、不美人と一緒に歩くと、にわかに腹痛を覚えると称してこれを避け、かれの現在のいわゆる愛人たちも、それぞれかなりの美人ばかりではあったが、しかし、すごいほどの美人、というほどのものはないようであった。

あの雨の日に、初老の不良文士の口から出まかせの「秘訣《ひけつ》」をさずけられ、何のばからしいと内心一応は反撥《はんぱつ》してみたものの、しかし、自分にも、ちっとも名案らしいものは浮かばない。

まず、試みよ。ひょっとしたらどこかの人生の片すみに、そんなすごい美人がころがっているかも知れない。眼鏡の奥のかれの眼は、にわかにキョロキョロいやらしく動きはじめる。

ダンス・ホール。喫茶店。待合《まちあい》。いない、いない。醜くてすごいものばかり。オフィス、デパート、工場、映画館、はだかレヴュウ。いるはずがない。女子大の校庭のあさましい垣のぞきをしたり、ミス何とかの美人競争の会場にかけつけたり、映画のニューフェースとやらの試験場に見学と称してまぎれ込んだり、やたらと歩き廻ってみたが、いない。

獲物は帰り道にあらわれる。

かれはもう、絶望しかけて、夕暮れの新宿駅裏の闇市をすこぶる憂鬱《ゆううつ》な顔をして歩いていた。彼のいわゆる愛人たちのところを訪問してみる気も起こらぬ。思い出すさえ、ぞっとする。別れなければならぬ。

「田島さん！」

出し抜けに背後から呼ばれて、飛び上がらんばかりに、ぎょっとした。

「ええっと、どなただったかな？」

「あら、いやだ」

声が悪い。鴉声《からすごえ》というやつだ。

「へえ？」

と見直した。まさに、お見それ申したわけであった。

彼は、その女を知っていた。闇屋、いや、かつぎ屋である。彼はこの女とほんの二、三度、闇の物資の取り引きをした事があるだけだが、しかし、この女の鴉声と、それから、おどろくべき怪力によって、この女を記憶している。やせた女ではあるが、十貫は楽に背負う。さかなくさくて、ドロドロのものを着て、モンペにゴム長、男だか女だか、わけがわからず、ほとんど乞食《こじき》の感じで、おしゃれの彼は、その女と取り引きしたあとで、いそいで手を洗ったくらいであった。

とんでもないシンデレラ姫。洋装の好みも高雅《こうが》。からだが、ほっそりして、手足が可憐《かれん》に小さく、二十三、四、いや、五、六、顔は愁《うれ》いを含んで、梨の花の如《ごと》く幽《かす》かに青く、まさしく高貴、すごい美人、これがあの十貫を楽に背負うかつぎ屋とは。

声の悪いのは、傷だが、それは沈黙を固く守らせておればいい。

使える。

行進（二）

馬子《まご》にも衣裳というが、ことに女は、その装い一つで、何が何やらわけのわからぬくらいに変わる。元来、化け物なのかも知れない。しかし、この女（永井キヌ子という）のように、こんなに見事に変身できる女も珍しい。

「さては、相当ため込んだね。いやに、りゅうとしてるじゃないか」

「あら、いやだ」

どうも、声が悪い。高貴性も何も、一ぺんに吹き飛ぶ。

「君に、たのみたい事があるのだがね」

「あなたは、ケチで値切ってばかりいるから……」

「いや、商売の話じゃない。ぼくはもう、そろそろ足を洗うつもりでいるんだ。君は、まだ相変わらず、かついでいるのか」

「あたりまえよ。かつがなきゃおまんまが食べられませんからね」

言うことが、いちいちゲスである。

「でも、そんな身なりでもないじゃないか」

「そりゃ、女性ですもの。たまには、着飾って映画も見たいわ」

「きょうは、映画か？」

「そう。もう見て来たの。あれ、何ていったかしら、アシクリゲ……」

「膝栗毛《ひざくりげ》だろう。ひとりでかい？」

「あら、いやだ。男なんて、おかしくって」

「そこを見込んで、頼みがあるんだ。一時間、いや、三十分でいい、顔を貸してくれ」

「いい話？」

「君に損はかけない」

二人ならんで歩いていると、すれ違うひとの十人のうち、八人は、振りかえって、見る。田島を見るのではなく、キヌ子を見るのだ。さすが好男子の田島も、それこそすごいほどのキヌ子の気品に押されて、ゴミっぽく、貧弱に見える。

田島はなじみのヤミの料理屋へキヌ子を案内する。

「ここ、何か、自慢の料理でもあるの?」

「そうだな、トンカツが自慢らしいよ」

「いただくわ。私、おなかが空いてるの。それから、何が出来るの?」

「たいてい出来るだろうけど、いったい、どんなものを食べたいんだい」

「ここの自慢のもの。トンカツの他に何かないの?」

「ここのトンカツは、大きいよ」

「ケチねえ。あなたは、だめ。私奥へ行って聞いて来るわ」

怪力、大食い、これが、しかし、全くのすごい美人なのだ。取り逃がしてはならぬ。

田島はウイスキイを飲み、キヌ子のいくらでもいくらでも澄まして食べるのを、すこぶるいまいましい気持ちでながめながら、彼のいわゆる頼み事について語った。キヌ子は、ただ食べながら、聞いているのか、いないのか、ほとんど彼の物語りには興味を覚えぬ様子であった。

「引き受けてくれるね？」

「バカだわ、あなたは。まるでなってやしないじゃないの」

## 行進（三）

田島は敵の意外の鋭鋒《えいほう》にたじろぎながらも、

「そうさ、全くなってやしないから、君にこうして頼むんだ。往生《おうじょう》しているんだよ」

「何もそんな、めんどうな事をしなくても、いやになったら、ふっとそれっきりあわなければあいいじゃないの」

「そんな乱暴な事は出来ない。相手の人たちだってこれから、結婚するかも知れないし、また、新しい愛人をつくるかも知れない。相手のひとたちの気持ちをちゃんときめさせるようにするのが、男の責任さ」

「ぷ！　とんだ責任だ。別れ話だの何だのと言ってまたイチャつきたいのでしょう？　ほんとに助平《すけべえ》そうなツラをしている」

「おいおい、あまり失敬な事を言ったら怒るぜ。失敬にも程度があるよ。食ってばかりいるじゃないか」

「キントンが出来ないかしら」

「まだ、何か食う気かい？　胃拡張とちがうか。病気だぜ、君は。いちど医者に見てもらったらどうだい。さっきから、ずいぶん食ったぜ。もういい加減によせ」

「ケチねえ、あなたは。女は、たいてい、これくらい食うの普通だわよ。もうたくさん、なんて断っているお嬢さんや何か、あれは、ただ、色気があるから体裁をとりつくろっているだけなのよ。私なら、いくらでも、食べられるわよ」

「いや、もういいだろう。ここの店は、あまり安くないんだよ。君は、いつも、こんなにたくさん食べるのかね」

「じょうだんじゃない。ひとのごちそうになる時だけよ」

「それじゃね、これから、いくらでも君に食べさせるから、ぼくの頼み事も聞いてくれ」

「でも、私の仕事を休まなければならないんだから、損よ」

「それは別に支払う。君のれいの商売で、儲けるぶんくらいは、その都度きちんと支払う」

「ただ、あなたについて歩いていたら、いいの？」

「まあ、そうだ。ただし、条件が二つある。よその女のひとの前では一言も、ものを言ってくれるな。たのむぜ。笑ったり、うなずいたり、首を振ったり、まあ、せいぜいそれくらいのところにしていただく。もう一つは、ひとの前で、ものを食べない事。ぼくと二人きりになったら、そりゃ、いくら食べてもかまわないけど、ひとの前では、まずお茶一ぱいくらいのところにしてもらいたい」

「その他、お金もくれるんでしょう？　あなたは、ケチで、ごまかすから」

「心配するな。ぼくだって、いま一生懸命なんだ。これが失敗したら、身の破滅さ」

「フクスイの陣って、とこね」

「フクスイ？　バカ野郎、ハイスイ（背水）の陣だよ」

「あら、そう？」

けろりとしている。田島は、いよいよ、にがにがしくなるばかり。しかし、美しい。りんとして、この世のものとも思えぬ気品がある。

トンカツ。鶏のコロッケ。マグロの刺身。イカの刺身。支那《しな》そば。ウナギ。よせなべ。牛の串焼き。にぎりずしの盛り合わせ。海老《えび》サラダ。イチゴミルク。その上、キントンを所望《しょもう》とは。まさか女は誰でも、こんなに食うまい。いや、それとも？

## 行進（四）

キヌ子のアパートは、世田谷方面にあって、朝はれいの、かつぎの商売に出るので、午後二時以後なら、たいていひまだという。田島は、そこへ、一週間にいちどくらい、みなの都合のいいような日に、電話をかけて連絡をして、そうしてどこかで落ち合わせ、二人そろって別離の相手の女のところへ向かって行進することをキヌ子と約す。

そうして、数日後、二人の行進は、日本橋のあるデパート内の美容室に向かって開始せられる事になる。

おしゃれな田島は、一昨年の冬、ふらりとこの美容室に立ち寄って、パーマネントをしてもらった事がある。そこの「先生」は、青木さんといって三十歳前後の、いわゆる戦争未亡人である。ひっかけるなどというのではなく、むしろ女のほうから田島について来たような形であった。青木さんは、そのデパートの築地の寮から日本橋のお店にかよっているのであるが、収入は、女ひとりの生活にやっとというところ。そこで、田島はその生活費の補助をするという事になり、いまでは、築地の寮でも、田島と青木さんとの仲は公認せられている。

けれども、田島は、青木さんの働いている日本橋のお店に顔を出す事はめったにない。田島の如きあか抜けた好男子の出没は、やはり彼女の営業を妨げるに違いないと、田島自身が考えているのである。

それが、いきなり、すごい美人を連れて、彼女のお店にあらわれる。

「こんちは」というあいさつさえも、よそよそしく、「きょうは女房を連れて来ました。疎開先から、こんど呼び寄せたのです」

それだけで十分。青木さんも、目もと涼しく、肌が白くやわらかで、愚かしいところのないかなりの美人ではあったが、キヌ子と並べると、まるで銀の靴と兵隊靴くらいの差があるように思われた。

二人の美人は、無言で挨拶を交わした。青木さんは、既に卑屈な泣きべそみたいな顔になっている。もはや、勝敗の数は明らかであった。

前にも言ったように、田島は女に対して律儀な一面も持っていて、いまだ女に、自分が独身だなどとウソをついた事がない。田舎に妻子を疎開させてあるという事は、はじめから皆に打ち明けてある。それが、いよいよ夫の許《もと》に帰って来た。しかも、その奥さんたるや、若くて、高貴で、教養のゆたからしい絶世の美人。

さすがの青木さんも、泣きべそ以外、てがなかった。

「女房の髪をね、一つ、いじってやって下さい」と田島は調子に乗り、完全にとどめを刺そうとする。「銀座にも、どこにも、あなたほどの腕前のひとはないってうわさですからね」

それは、しかし、あながちお世辞でもなかった。事実、すばらしく腕のいい美容師であった。

キヌ子は鏡に向かって腰をおろす。

青木さんは、キヌ子に白い肩掛けを当て、キヌ子の髪をときはじめ、その眼には、涙が、いまにもあふれ出るほど一ぱい。

キヌ子は平然。

かえって、田島は席をはずした。

## 行進（五）

セットの終わったころ、田島は、そっとまた美容室にはいって来て、一すんくらいの厚さの紙幣のたばを、美容師の白い上衣のポケットに滑りこませ、ほとんど祈るような気持ちで、

「グッド・バイ」

とささやき、その声が自分でも意外に思ったくらい、いたわるような、あやまるような、優しい、哀調《あいちょう》に似たものを帯びていた。

キヌ子は無言で立ち上がる。青木さんも無言で、キヌ子のスカートなど直してやる。田島は、一足さきに外に飛び出す。

ああ、別離は、くるしい。

キヌ子は無表情で、あとからやって来て、

「そんなに、うまくもないじゃないの」

「何が？」

「パーマ」

バカ野郎！　とキヌ子を怒鳴ってやりたくなったが、しかし、デパートの中なので、こらえた。青木という女は、他人の悪口など決して言わなかった。お金もほしがらなかったし、よく洗濯もしてくれた。

「これで、もう、おしまい？」

「そう」

田島は、ただもう、やたらにわびしい。

「あんな事で、もう、わかれてしまうなんて、あの子も、意久地《いくじ》がないね。ちょっと、べっぴんさんじゃないか。あのくらいの器量なら……」

「やめろ！　あの子だなんて、失敬な呼び方は、よしてくれ。おとなしいひとなんだよ、あのひとは。君なんかとは、違うんだ。とにかく、黙っていてくれ。君のその鴉の声みたいなのを聞いていると、気が狂いそうになる」

「おやおや、おそれいりまめ」

わあ！　何というゲスな駄《だ》じゃれ。全く、田島は気が狂いそう。

田島は妙な虚栄心から、女と一緒に歩く時には、彼の財布を前もって女に手渡し、もっぱら女に支払わせて、彼自身はまるで勘定などに無関心のような、おうようの態度を装うのである。しかし、いままで、どの女も、彼に無断で勝手な買い物などはしなかった。

けれども、おそれいりまめ女史は、平気でそれをやった。デパートには、いくらでも高価なものがある。堂々と、ためらわず、いわゆる高級品を選び出し、しかも、それは不思議なくらい優雅で、趣味のよい品物ばかりである。

「いい加減に、やめてくれねえかなあ」

「ケチねえ」

「これから、また何か、食うんだろう？」

「そうね、きょうは、我慢してあげるわ」

「財布をかえしてくれ。これからは、五千円以上、使ってはならん」

いまは、虚栄もクソもあったものでない。

「そんなには、使わないわ」

「いや、使った。あとでぼくが残金を調べてみれば、わかる。一万円以上は、たしかに使った。こないだの料理だって安くなかったんだぜ」

「そんなら、よしたら、どう？　私だって何も、すき好んで、あなたについて歩いているんじゃないわよ」

脅迫にちかい。

田島は、ため息をつくばかり。

怪力（一）

しかし、田島だって、もともとただものではないのである。闇商売の手伝いをして、一挙に数十万は楽にもうけるという、いわば目から鼻に抜けるほどの才物《さいぶつ》であった。キヌ子にさんざんムダ使いされて、黙って海容《かいよう》の美徳を示しているなんて、とてもそんな事の出来る性格ではなかった。何か、それ相当のお返しをいただかなければ、どうしたって、気がすまない。

あんちきしょう！　生意気だ。ものにしてやれ。

別離の行進は、それから後の事だ。まず、あいつを完全に征服し、あいつを遠慮深くて従順で質素で小食の女に変化させ、しかるのちにまた行進を続行する。いまのままだと、とにかく金がかかって、行進の続行が不可能だ。

勝負の秘訣。敵をして近づかしむべからず、敵に近づくべし。

彼は、電話の番号帳により、キヌ子のアパートの所番地を調べ、ウイスキイ一本とピイナツを二袋だけ買い求め、腹がへったらキヌ子に何かおごらせてやろうという下心、そうしてウイスキイをがぶがぶ飲んで、酔いつぶれたふりをして寝てしまえば、あとは、こっちのものだ。だいいち、ひどく安上がりである。部屋代もいらない。

女に対して常に自信満々の田島ともあろう者が、こんな乱暴な恥知らずの、エゲツない攻略の仕方を考えつくとは、よっぽど、かれ、どうかしている。あまりに、キヌ子にむだ使いされたので、狂うような気持ちになっているのかも知れない。色慾《しきよく》のつつしむべきも、さる事ながら、人間あんまり金銭に意地汚くこだわり、モトを取る事ばかりあせっていても、これもまた、結果がどうもよくないようだ。

田島は、キヌ子を憎むあまりに、ほとんど人間ばなれのしたケチな卑しい計画を立て、果たして、死ぬほどの大難《だいなん》に逢うに到った。

夕方、田島は、世田谷のキヌ子のアパートを捜し当てた。古い木造の陰気くさい二階建てのアパートである。キヌ子の部屋は、階段をのぼってすぐ突き当たりにあった。

ノックする。

「だれ？」

中から、れいの鴉声。

ドアをあけて、田島はおどろき、立ちすくむ。

乱雑。悪臭。

ああ、荒涼《こうりょう》。四畳半。その畳の表は真っ黒く光り、波の如く高低があり、縁なんてその痕跡《こんせき》をさえとどめていない。部屋一ぱいに、れいのかつぎの商売道具らしい石油かんやら、りんご箱やら、一升《いっしょう》ビンやら、何だか風呂敷に包んだものやら、鳥かごのようなものやら、紙くずやら、ほとんど足の踏み場もないくらいに、ぬらついて散らばっている。

「なんだ、あなたか。なぜ、来たの？」

そのまた、キヌ子の服装たるや、数年前に見た時の、あの乞食姿、ドロドロによごれたモンペをはき、まったく、男か女か、わからないような感じ。

部屋の壁には、無尽《むじん》会社の宣伝ポスター、たった一枚、他にはどこを見ても装飾らしいものがない。カーテンさえない。これが、二十五、六の娘の部屋か。小さい電球が一つ暗くともって、ただ荒涼。

## 怪力（二）

「あそびに来たのだけどね」と田島は、むしろ恐怖におそわれ、キヌ子同様の鴉声になり、「でも、また出直して来てもいいんだよ」

「何か、こんたんがあるんだわ。むだには歩かないひとなんだから」

「いや、きょうは、本当に……」

「もっと、さっぱりなさいよ。あなた、少しニヤケ過ぎてよ」

それにしても、ひどい部屋だ。

ここで、あのウイスキイを飲まなければならぬのか。ああ、もっと安いウイスキイを買って来るべきであった。

「ニヤケているんじゃない。キレイというものなんだ。君は、きょうはまた、きたな過ぎるじゃないか」

にがり切って言った。

「きょうはね、ちょっと重いものを背負ったから、少し疲れて、いままで昼寝をしていたの。ああ、そう、いいものがある。お部屋へあがったらどう？　割に安いのよ」

どうやら商売の話らしい。もうけ口なら、部屋の汚さなど問題でない。田島は、靴を脱ぎ、畳の比較的無難なところを選んで、外套《がいとう》のままあぐらをかいて坐る。

「あなた、カラスミなんか、好きでしょう？　酒飲みだから」

「大好物だ。ここにあるのかい？　ごちそうになろう」

「冗談じゃない。お出しなさい」

キヌ子は、おくめんもなく、右の手のひらを田島の鼻先に突き出す。

田島は、うんざりしたように口をゆがめて、

「君のする事なす事を見ていると、まったく、人生がはかなくなるよ。その手は、ひっこめてくれ。カラスミなんて、いらねえや。あれは、馬が食うもんだ」

「安くしてあげるったら、ばかねえ。おいしいのよ、本場ものだから。じたばたしないで、お出し」

からだをゆすって、手のひらを引っ込めそうもない。

不幸にして、田島は、カラスミが実に全く大好物、ウイスキイのさかなに、あれが

あると、もう何もいらん。

「少し、もらおうか」

田島はいまいましそうに、キヌ子の手のひらに、大きい紙幣を三枚、載せてやる。

「もう四枚」

キヌ子は平然という。

田島はおどろき、

「バカ野郎、いい加減にしろ」

「ケチねえ、一ハラ気前よく買いなさい。鰹節《かつおぶし》を半分に切って買うみたい。ケチねえ」

「よし、一ハラ買う」

さすが、ニヤケ男の田島も、ここに到って、しんから怒り、

「そら一枚、二枚、三枚、四枚。これでいいだろう。手をひっこめろ。君みたいな恥知らずを産んだ親の顔が見たいや」

「私も見たいわ。そうして、ぶってやりたいわ。捨てりゃ、ネギでも、しおれて枯れる、ってさ」

「なんだ、身の上話はつまらん。コップを貸してくれ。これから、ウイスキイとカラ

スミだ。うん、ピイナツもある。これは、君にあげる」

怪力（三）

田島は、ウイスキイを大きいコップで、ぐい、ぐい、と二挙動で飲みほす。きょうこそは、何とかしてキヌ子におごらせてやろうという下心で来たのに、逆にいわゆる「本場もの」のおそろしく高いカラスミを買わされ、しかも、キヌ子は惜しげもなくその一ハラのカラスミを全部、あっと思うまもなくざくざく切ってしまって汚いドンブリに山盛りにして、それに代用味の素をどっさり振りかけ、

「召し上がれ。味の素は、サーヴィスよ。気にしなくたっていいわよ」

カラスミ、こんなにたくさん、とても食べられるものでない。それにまた、味の素を振りかけるとは滅茶苦茶《めちゃくちゃ》だ。田島は悲痛な顔つきになる。七枚の紙幣をろうそくの火でもやしたって、これほど痛烈な損失感を覚えないだろう。実に、ムダだ。意味ない。

山盛りの底のほうの、代用味の素の振りかかっていない一片のカラスミを、田島は、

泣きたいような気持ちで、つまみ上げて食べながら、

「君は、自分でお料理した事ある？」

と今は、おっかなびっくりで尋ねる。

「やれば出来るわよ。めんどうくさいからしないだけ」

「お洗濯は？」

「バカにしないでよ。私は、どっちかと言えば、きれいずきなほうだわ」

「きれいずき？」

田島はぼう然と、荒涼、悪臭の部屋を見廻す。

「この部屋は、もとから汚くて、手がつけられないのよ。それに私の商売が商売だから、どうしたって、部屋の中がちらかってね。見せましょうか、押入れの中を」

立って押入れを、さっとあけて見せる。

田島は眼をみはる。

清潔、整然、金色の光を放ち、ふくいくたる香気が発するくらい。タンス、鏡台、トランク、下駄箱の上には、可憐に小さい靴が三足、つまりその押入れこそ、鴉声のシンデレラ姫の、秘密の楽屋であったわけである。

すぐにまた、ぴしゃりと押入れをしめて、キヌ子は、田島から少し離れて居汚《いぎたな》く坐り、

「おしゃれなんか、一週間にいちどくらいでたくさん。べつに男に好かれようとも思わないし、ふだん著《ぎ》は、これくらいで、ちょうどいいのよ」

「でも、そのモンペは、ひどすぎるんじゃないか？ 非衛生的だ」

「なぜ？」

「くさい」

「上品ぶったって、ダメよ。あなただって、いつも酒くさいじゃないの。いやな、におい」

「くさい仲、というものさね」

酔うにつれて、荒涼たる部屋の有様も、またキヌ子の乞食の如き姿も、あまり気にならなくなり、ひとつこれは、当初のあのプランを実行して見ようかという悪心がむらむら起こる。

「ケンカするほど深い仲、ってね」

とはまた、下手な口説《くど》きよう。しかし、男は、こんな場合、たとい大人物、大学者

と言われているほどのひとでも、かくの如きアホーらしい口説き方をして、しかも案外に成功しているものである。

## 怪力（四）

「ピアノが聞こえるね」

彼は、いよいよキザになる。眼を細めて、遠くのラジオに耳を傾ける。

「あなたにも音楽がわかるの？ 音痴みたいな顔をしているけど」

「ばか、僕の音楽通を知らんな、君は。名曲ならば、一日一ぱいでも聞いていたい」

「あの曲は、何？」

「ショパン」

でたらめ。

「へえ？ 私は越後獅子《えちごじし》かと思った」

音痴同志のトンチンカンな会話。どうも、気持ちが浮き立たぬので、田島は、すばやく話頭《わとう》を転ずる。

「君も、しかし、いままで誰かと恋愛した事は、あるだろうね」

「ばからしい。あなたみたいな淫乱《いんらん》じゃありませんよ」

「言葉をつつしんだら、どうだい。ゲスなやつだ」

急に不快になって、さらにウイスキイをがぶりと飲む。こりゃ、もう駄目かも知れない。しかし、ここで敗退しては、色男としての名誉にかかわる。どうしても、ねばって成功しなければならぬ。

「恋愛と淫乱とは、根本的にちがいますよ。君は、なんにも知らんらしいね。教えてあげましょうかね」

自分で言って、自分でそのいやらしい口調に寒気を覚えた。これは、いかん。少し時刻が早いけど、もう酔いつぶれたふりをして寝てしまおう。

「ああ、酔った。すきっぱらに飲んだので、ひどく酔った。ちょっとここへ寝かせてもらおうか」

「だめよ！」

鴉声が蛮声《ばんせい》に変わった。

「ばかにしないで！　見えすいていますよ。泊まりたかったら、五十万、いや百万円お出し」

すべて、失敗である。

「何も、君、そんなに怒る事はないじゃないか。酔ったから、ここへ、ちょっと
……」

「だめ、だめ、お帰り」

キヌ子は立って、ドアを開け放す。

田島は窮《きゅう》して、最もぶざまで拙劣《せつれつ》な手段、立っていきなりキヌ子に抱きつこうとした。

グワンと、こぶしで頬《ほお》を殴られ、田島は、ぎゃっという甚《はなは》だ奇怪な悲鳴を挙げた。その瞬間、田島は、十貫を楽々とかつぐキヌ子のあの怪力を思い出し、慄然《りつぜん》として、

「ゆるしてくれえ。どろぼう！」

とわけのわからぬ事を叫んで、はだしで廊下に飛び出した。

キヌ子は落ちついて、ドアをしめる。

しばらくして、ドアの外で、

「あのう、僕の靴を、すまないけど。……それから、ひものようなものがありました

ら、お願いします。眼鏡のツルがこわれましたから」

色男としての歴史において、かつてなかった大屈辱《くつじょく》にはらわたの煮えくりかえるのを覚えつつ、彼はキヌ子から恵まれた赤いテープで、眼鏡をつくろい、その赤いテープを両耳にかけ、

「ありがとう!」

ヤケみたいにわめいて、階段を降り、途中、階段を踏みはずして、また、ぎゃっと言った。

コールド・ウォー(一)

田島は、しかし、永井キヌ子に投じた資本が、惜しくてならぬ。こんな、割の合わぬ商売をした事がない。何とかして、彼女を利用し活用し、モトをとらなければ、ウソだ。しかし、あの怪力、あの大食い、あの強慾《ごうよく》。

あたたかになり、さまざまの花が咲きはじめたが、田島ひとりは、頗《すこぶ》る憂鬱。あの大失敗の夜から、四、五日経ち、眼鏡も新調し、頬のはれも引いてから、彼は、とに

かくキヌ子のアパートに電話をかけた。ひとつ、思想戦に訴えて見ようと考えたのである。

「もし、もし。田島ですがね、こないだは、酔っぱらいすぎて、あははははは」

「女がひとりでいるとね、いろんな事があるわ。気にしてやしません」

「いや、僕もあれからいろいろ深く考えましたがね、結局、ですね、僕が女たちと別れて、小さい家を買って、田舎から妻子を呼び寄せ、幸福な家庭をつくる、という事ですね、これは、道徳上、悪い事でしょうか」

「あなたの言う事、何だか、わけがわからないけど、男のひとは誰でも、お金が、うんとたまると、そんなケチくさい事を考えるようになるらしいわ」

「それが、だから、悪い事でしょうか」

「けっこうな事じゃないの。どうも、よっぽどあなたは、ためたな?」

「お金の事ばかり言ってないで、……道徳のね、つまり、思想上のね、その問題なんですがね、君はどう考えますか?」

「何も考えないわ。あなたの事なんか」

「それは、まあ、無論そういうものでしょうが、僕はね、これはね、いい事だと思うんです」

「そんなら、それで、いいじゃないの？　電話を切るわよ。そんな無駄話は、いや」

「しかし、僕にとっては、本当に死活の大問題なんです。僕は、道徳は、やはり重んじなけりゃならん、と思っているんです。たすけて下さい、僕を、たすけて下さい。僕は、いい事をしたいんです」

「へんねえ。また酔ったふりなんかして、ばかな真似をしようとしているんじゃないでしょうね。あれは、ごめんですよ」

「からかっちゃいけません。人間には皆、善事を行おうとする本能がある」

「電話を切ってもいいんでしょう？　他にもう用なんかないんでしょう？　さっきから、おしっこが出たくて、足踏みしているのよ」

「ちょっと待って下さい、ちょっと。一日、三千円でどうです」

思想戦にわかに変じて金の話になった。

「ごちそうが、つくの？」

「いや、そこを、たすけて下さい。僕もこの頃どうも収入が少なくてね」

「一本（一万円のこと）でなくちゃ、いや」

「それじゃ、五千円。そうして下さい。これは、道徳の問題ですからね」

「おしっこが出たいのよ。もう、かんにんして」

「五千円で、たのみます」

「ばかねえ、あなたは」

くつくつ笑う声が聞こえる。承知の気配だ。

コールド・ウォー（二）

こうなったら、とにかく、キヌ子を最大限に利用し活用し、一日五千円を与える他は、パン一かけら、水一ぱいも饗応《きょうおう》せず、思い切り酷使しなければ、損だ。温情は大の禁物、わが身の破滅。

キヌ子に殴られ、ぎゃっという奇妙な悲鳴を挙げても、田島は、しかし、そのキヌ子の怪力を逆に利用する術《すべ》を発見した。

彼のいわゆる愛人たちの中のひとりに、水原ケイ子という、まだ三十前の、あまり上手でない洋画家がいた。田園調布のアパートの二部屋を借りて、一つは居間、一つはアトリエに使っていて、田島は、その水原さんがある画家の紹介状を持って、「オベリスク」に、さし画《え》でもカットでも何でも描かせてほしいと顔を赤らめ、おどおどしながら申し出たのを可愛く思い、わずかずつ彼女の生計を助けてやる事にしたのである。物腰がやわらかで、無口で、そうして、ひどい泣き虫の女であった。けれども、吠え狂うような、はしたない泣き方などは決してしない。童女のような可憐な泣き方なので、まんざらでない。

しかし、たった一つ非常な難点があった。彼女には、兄があった。永く満洲で軍隊生活をして、小さい時からの乱暴者の由《よし》で、骨組みもなかなか頑丈《がんじょう》の大男らしく、彼は、はじめてその話をケイ子から聞かされた時には、実に、いやあな気持ちがした。どうも、この、恋人の兄の軍曹《ぐんそう》とか伍長《ごちょう》とかいうものは、ファウストの昔から、色男にとって甚だ不吉な存在だという事になっている。

その兄が、最近、シベリヤ方面から引き揚げて来て、そうして、ケイ子の居間に、頑張っているらしいのである。

田島は、その兄と顔を合わせるのがイヤなので、ケイ子をどこかへ引っぱり出そうとして、そのアパートに電話をかけたら、いけない、

「いたのだ。はたして、いかにも力のありそうな男の強い声。

「自分は、ケイ子の兄でありますが」

という、いかにも力のありそうな男の強い声。はたして、いたのだ。

「雑誌社のものですけど、水原先生に、ちょっと、画の相談……」

語尾が震えている。

「ダメです。風邪をひいて寝ています。仕事は、当分ダメでしょう」

運が悪い。ケイ子を引っぱり出す事は、まず不可能らしい。

しかし、ただ兄をこわがって、いつまでもケイ子との別離をためらっているのは、ケイ子に対しても失礼みたいなものだ。それに、ケイ子が風邪で寝ていて、おまけに引揚者の兄が寄宿しているのでは、お金にも、きっと不自由しているだろう。かえって、いまは、チャンスというものかも知れない。病人に優しい見舞いの言葉をかけ、そうしてお金をそっと差し出す。兵隊の兄も、まさか殴りゃしないだろう。あるいは、ケイ子以上に、感激し握手など求めるかも知れない。もし万一、自分に乱暴を働くようだったら、……その時こそ、永井キヌ子の怪力のかげに隠れるといい。

まさに百パーセントの利用、活用である。

「いいかい？　たぶん大丈夫だと思うけどね、そこに乱暴な男がひとりいてね、もしそいつが腕を振り上げたら、君は軽くこう、取りおさえて下さい。なあに、弱いやつらしいんですがね」

彼は、めっきりキヌ子に、ていねいな言葉でものを言うようになっていた。

（未完）

桃太郎

芥川龍之介

一

むかし、むかし、大むかし、ある深い山の奥に大きい桃の木が一本あった。大きいとだけではいい足りないかも知れない。この桃の枝は雲の上にひろがり、この桃の根は大地の底の黄泉《よみ》の国にさえ及んでいた。何でも天地開闢《てんちかいびゃく》の頃おい、伊弉諾《いざなぎ》の尊《みこと》は黄最津平阪《よもつひらさか》に八つの雷《いかずち》を却《しりぞ》ける為、桃の実を礫《つぶて》に打ったという、——その神代《かみよ》の桃の実はこの木の枝になっていたのである。

この木は世界の夜明け以来、一万年に一度花を開き、一万年に一度実をつけていた。花は真紅《しんく》の衣蓋《きぬがさ》に黄金の流蘇《ふさ》を垂らしたようである。実は——実もまた大きいのはいうを待たない。が、それよりも不思議なのはその実は核《さね》のある処《ところ》に美しい赤児《あかご》を一人ずつ、おのずから孕《はら》んでいたことである。

むかし、むかし、大むかし、この木は山谷《やまたに》を掩《おお》った枝に、累々《るいるい》と実を綴ったまま、静かに日の光りに浴していた。一万年に一度結んだ実は一千年の間は地へ落ちない。

しかしある寂しい朝、運命は一羽の八咫鴉《やたがらす》になり、さっとその枝へおろして来た。と思うともう赤みのさした、小さい実を一つ啄《ついば》み落とした。実は雲霧《くもきり》の立ち昇る中に遥か下の谷川へ落ちた。谷川は勿論《もちろん》峯々の間に白い水煙《みずけぶり》をなびかせながら、人間のいる国へ流れていたのである。

この赤児を孕んだ実は深い山の奥を離れた後、どういう人の手に拾われたか？――それは今更《いまさら》話すまでもあるまい。谷川の末にはお婆さんが一人、日本中の子供の知っている通り、柴刈りに行ったお爺さんの着物か何かを洗っていたのである。……

二

桃から生れた桃太郎は鬼が島の征伐《せいばつ》を思い立った。思い立った訳はなぜかというと、彼はお爺さんやお婆さんのように、山だの川だの畑だのへ仕事に出るのがいやだったせいである。その話を聞いた老人夫婦は内心この腕白《わんぱく》ものに愛想をつかしていた時だったから、一刻も早く追い出したさに旗とか太刀《たち》とか陣羽織《じんばおり》とか、出陣の支度に入用《にゅうよう》のものは云《い》うなり次第に持たせることにした。のみならず途中の兵糧《ひょうろう》には、これも桃太郎の註文《ちゅうもん》通り、黍団子《きびだんご》さえこしらえてやったのである。

桃太郎は意気揚々と鬼が島征伐の途に上った。すると大きい野良犬が一匹、餓えた眼を光らせながら、こう桃太郎へ声をかけた。

「桃太郎さん。桃太郎さん。お腰に下げたのは何でございます？」

「これは日本一の黍団子だ」

桃太郎は得意そうに返事をした。勿論実際は日本一かどうか、そんなことは彼にも怪しかったのである。けれども犬は黍団子と聞くと、忽《たちま》ち彼の側へ歩み寄った。

「一つ下さい。お伴《とも》しましょう」

桃太郎は咄嗟《とっさ》に算盤《そろばん》を取った。

「一つはやられぬ。半分やろう」

犬はしばらく強情に「一つ下さい」を繰り返した。しかし桃太郎は何といっても「半分やろう」を撤回しない。こうなればあらゆる商売のように、所詮《しょせん》持たぬものは持ったものの意志に服従するばかりである。犬もとうとう嘆息《たんそく》しながら、黍団子を半分貰う代わりに、桃太郎の伴をすることになった。

桃太郎はその後《のち》犬の外《ほか》にも、やはり黍団子の半分を餌食《えじき》に、猿や雉《きじ》を家来にした。

しかし彼等は残念ながら、あまり仲の好《い》い間がらではない。丈夫な牙《きば》を持った犬は意気地のない猿を莫迦《ばか》にする。黍団子の勘定に素早い猿は尤《もっと》もらしい雉を莫迦にする。地震学などにも通じた雉は頭の鈍い犬を莫迦にする。——こういういがみ合いを続けていたから、桃太郎は彼等を家来にした後も、一通り骨の折れることではなかった。

その上猿は腹が張ると、忽ち不服を唱え出した。どうも黍団子の半分位では、鬼が島征伐の伴をするのも考え物だといい出したのである。すると犬は吠えたけりながら、いきなり猿を噛み殺そうとした。もし雉がとめなかったとすれば、猿は蟹《かに》の仇打《あだう》ちを待たず、この時もう死んでいたかも知れない。しかし雉は犬をなだめながら猿に主従の道徳を教え、桃太郎の命《めい》に従えと云った。それでも猿は路《みち》ばたの木の上に犬の襲撃を避けた後だったから、容易に雉の言葉を聞き入れなかった。その猿をとうとう得心《とくしん》させたのは確かに桃太郎の手腕である。桃太郎は猿を見上げたまま、日の丸の扇を使い使いわざと冷ややかにいい放《はな》した。

「よしよし、では伴をするな。その代わり鬼が島を征伐しても、宝物は一つも分けてやらないぞ」

慾《よく》の深い猿は円《まる》い眼をした。

「宝物? へええ、鬼が島には宝物があるのですか?」

「あるどころではない。何でも好きなものの振り出せる打出《うちで》の小槌《こづち》という宝物さえある」

「ではその打出の小槌から、幾つもまた打出の小槌を振り出せば、一度に何でも手にはいる訳ですね。それは耳よりな話です。どうかわたしもつれて行って下さい」

桃太郎はもう一度彼等を伴に、鬼が島征伐の途を急いだ。

三

鬼が島は絶海の孤島だった。が、世間の思っているように岩山ばかりだった訳ではない。実は椰子《やし》の聳《そび》えたり、極楽鳥の囀《さえず》ったりする、美しい天然の楽土《らくど》だった。こういう楽土に生を享《う》けた鬼は勿論平和を愛していた。いや、鬼というものは元来我々人間よりも享楽《きょうらく》的に出来上がった種族らしい。瘤《こぶ》取りの話に出て来る鬼は一晩中踊りを踊っている。一寸法師の話に出て来る鬼も一身の危険を顧《かえり》みず、物詣《ものもう》での姫君《ひめぎみ》に見とれていたらしい。なるほど大江山の酒顛童子《しゅてんどうじ》や羅生門《らしょうもん》の茨木童子《いばらきどうじ》は稀代《きだい》の悪人のように思われている。しかし茨木童子などは我々の銀座を愛するように朱雀大路《すざくおおじ》を愛する余《あま》り、時々そっと羅生門へ姿を露《あら》わしたのではないであろうか？　酒顛童子も大江山の岩屋に酒ばかり飲んでいたのは確かである。その女人《にょにん》を奪って行ったというのは――真偽はしばらく問わないにもしろ、女人自身のいう所に過ぎない。女人自身のいう所を悉《ことごと》く真実と認めるのは、――わたしはこの二十年来、こういう疑問を抱いている。あの頼光《らいこう》や四天王《してんのう》はいずれも多少気違いじみた女性崇拝家ではなかったであろうか？

鬼は熱帯的風景の中《うち》に琴を弾いたり踊りを踊ったり、古代の詩人の詩を歌ったり、頗《すこぶ》る安穏《あんのん》に暮らしていた。そのまた鬼の妻や娘も機《はた》を織ったり、酒を醸《かも》したり、蘭《らん》の花束を拵《こしら》えたり、我々人間の妻や娘と少しも変わらずに暮らしていた。殊《こと》にもう髪の白い、牙の脱《ぬ》けた鬼の母はいつも孫の守《も》りをしながら、我々人間の恐ろしさを話して聞かせなどしていたものである。――

「お前たちも悪戯《いたずら》をすると、人間の島へやってしまうよ。人間の島へやられた鬼はあの昔の酒顛童子のように、きっと殺されてしまうのだからね。え、人間というものかい？　人間というものは角《つの》の生えない、生白い顔や手足をした、何ともいわれず気味の悪いものだよ。おまけにまた人間の女と来た日には、その生白い顔や手足へ一面に鉛《なまり》の粉《こ》をなすっているのだよ。それだけならばまだ好いのだがね。男でも女でも同じように、嘘はいうし、慾は深いし、焼き餅は焼くし、己惚《うぬぼ》れは強いし、仲間同志殺し合うし、火はつけるし、泥棒はするし、手のつけようのない毛だものなのだよ……」

四

桃太郎はこういう罪のない鬼に建国以来の恐ろしさを与えた。鬼は金棒《かなぼう》を忘れたなり「人間が来たぞ」と叫びながら、亭々《ていてい》と聳えた椰子の間を右往左往に逃げ惑《まど》った。

「進め！　進め！　鬼という鬼は見つけ次第、一匹も残らず殺してしまえ！」

桃太郎は桃の旗を片手に、日の丸の扇を打ち振り打ち振り、犬猿雉の三匹に号令した。犬猿雉の三匹は仲の好い家来ではなかったかも知れない。が、餓えた動物ほど忠《ちゅう》勇無双《ゆうむそう》の兵卒《へいそつ》の資格を具《そな》えているものはないはずである。彼等は皆あらしのように、逃げまわる鬼を追いまわした。犬は唯《ただ》一噛みに鬼の若者を噛み殺した。雉も鋭い嘴《くちばし》に鬼の子供を突き殺した。猿も——猿は我々人間と親類同志の間がらだけに、鬼の娘を絞め殺す前に、必ず凌辱《りょうじょく》を恣《ほしいまま》にした。……

あらゆる罪悪の行われた後、とうとう鬼の酋長《しゅうちょう》は、命をとりとめた数人の鬼と、桃太郎の前に降参した。桃太郎の得意は思うべしである。鬼が島はもう昨日のように、極楽鳥の囀る楽土ではない。椰子の林は至る処に鬼の死骸を撒き散らしている。桃太郎はやはり旗を片手に、三匹の家来を従えたまま、平蜘蛛《ひらぐも》ようになった鬼の酋長へ厳《おごそ》かにこういい渡した。

「では格別の憐愍《れんびん》により、貴様たちの命は赦《ゆる》してやる。その代わりに鬼が島の宝物は一つも残らず献上するのだぞ」

「はい、献上致します」

「なおその外に貴様の子供を人質の為にさし出すのだぞ」

「それも承知致しました」

鬼の酋長はもう一度額を土へすりつけた後、恐る恐る桃太郎へ質問した。

「わたくしどもはあなた様に何か無礼でも致した為、御征伐を受けたことと存じております。しかし実はわたくしを始め、鬼が島の鬼はあなた様にどういう無礼を致したのやら、とんと合点が参りませぬ。ついてはその無礼の次第をお明かし下さる訳には参りますまいか？」

桃太郎は悠然と頷《うなず》いた。

「日本一の桃太郎は、犬猿雉の三匹の忠義者を召し抱えた故《ゆえ》、鬼が島へ征伐に来たのだ」

「ではそのお三さんかたをお召し抱えなすったのはどういう訳でございますか？」

「それはもとより鬼が島を征伐したいと志《こころざ》した故、黍団子をやっても召し抱えたのだ。——どうだ？　これでもまだわからないといえば、貴様たちも皆殺してしまうぞ」

鬼の酋長は驚いたように、三尺ほど後へ飛び下がると、いよいよまた丁寧にお辞儀をした。

五

日本一の桃太郎は犬猿雉の三匹と、人質に取った鬼の子供に宝物の車を引かせながら、得々と故郷へ凱旋した。——これだけはもう日本中の子供のように知っている話である。しかし桃太郎は必ずしも幸福に一生を送った訳ではない。鬼の子供は一人前になると番人の雉を噛み殺した上、忽ち鬼が島へ逐電《ちくでん》した。のみならず鬼が島に生き残った鬼は時々海を渡って来ては、桃太郎の屋形へ火をつけたり、桃太郎の寝首をかこうとした。何でも猿の殺されたのは人違いだったらしいという噂である。桃太郎はこういう重ね重ねの不幸に嘆息を洩《も》らさずにはいられなかった。

「どうも鬼というものの執念の深いのには困ったものだ」

「やっと命を助けて頂いた御主人の大恩《だいおん》さえ忘れるとは、怪《け》しからぬ奴等《やつら》でございます」

犬も桃太郎の渋面《じゅうめん》を見ると、口惜《くや》しそうにいつも唸《うな》ったものである。

その間も寂しい鬼が島の磯には、美しい熱帯の月明かりを浴びた鬼の若者が五、六人、鬼が島の独立を計画する為、椰子の実に爆弾を仕こんでいた。優しい鬼の娘たちに恋をすることさえ忘れたのか、黙々と、しかし嬉しそうに茶碗ほどの目の玉を赫《かがや》かせながら。……

六

人間の知らない山の奥に雲霧を破った桃の木は今日もなお昔のように、累々と無数の実をつけている。勿論桃太郎を孕んでいた実だけはとうに谷川を流れ去ってしまった。しかし未来の天才はまだそれらの実の中に何人とも知らず眠っている。あの大きい八咫鴉は今度は何時《いつ》この木の梢《こずえ》へもう一度姿を露わすであろう？　ああ、未来の天才はまだそれらの実の中に何人とも知らず眠っている。……

# 水仙月の四日

宮沢賢治

雪婆《ゆきば》んごは、遠くへ出かけておりました。

猫のような耳をもち、ぼやぼやした灰いろの髪をした雪婆んごは、西の山脈の、ちぢれたぎらぎらの雲を越えて、遠くへでかけていたのです。

ひとりの子供が赤い毛布《けっと》にくるまって、しきりにカリメラのことを考えながら、大きな象の頭のかたちをした、雪丘の裾《すそ》を、せかせかうちの方へ急いでおりました（そら、新聞紙《しんぶんがみ》を尖《とが》ったかたちに巻いて、ふうふうと吹くと、炭からまるで青火が燃える。ぼくはカリメラ鍋に赤砂糖を一つまみ入れて、それからザラメを一つまみ入れる。水をたして、あとはくつくつくつと煮るんだ）。ほんとうにもう一生けん命、こどもはカリメラのことを考えながらうちの方へ急いでいました。

お日さまは、空のずうっと遠くのすきとおったつめたいとこで、まばゆい白い火を、どしどしお焚《た》きなさいます。

その光はまっすぐに四方に発射し、下の方に落ちて来ては、ひっそりした台地の雪を、いちめんまばゆい雪花石膏《せっかせっこう》の板にしました。

二疋《ひき》の雪狼《ゆきおいの》が、べろべろまっ赤な舌を吐きながら、象の頭のかたちをした、雪丘の上の方をあるいていました。こいつらは人の眼には見えないのですが、一ぺん風に狂い出すと、台地のはずれの雪の上から、すぐぼやぼやの雪雲をふんで、空をかけまわりもするのです。

「しゅ、あんまり行っていけないったら」雪狼のうしろから白熊の毛皮の三角帽子をあみだにかぶり、顔を苹果《りんご》のようにかがやかしながら、雪童子《ゆきわらす》がゆっくり歩いて来ました。

雪狼どもは頭をふってくるりとまわり、またまっ赤な舌を吐いて走りました。

「カシオピイア、
もう水仙《すいせん》が咲き出すぞ
おまえのガラスの水車《みずぐるま》
きっきとまわせ」

雪童子はまっ青なそらを見あげて見えない星に叫びました。その空からは青びかりが波になってわくわくと降り、雪狼どもは、ずうっと遠くで焔《ほのお》のように赤い舌をべろべろ吐いています。

「しゅ、戻れったら、しゅ」雪童子がはねあがるようにして叱《しか》りましたら、いままで雪にくっきり落ちていた雪童子の影法師は、ぎらっと白いひかりに変わり、狼《おいの》どもは耳をたてて一さんに戻ってきました。

「アンドロメダ、
あぜみの花がもう咲くぞ、
おまえのランプのアルコオル、
しゅうしゅと噴かせ」

雪童子は、風のように象の形の丘にのぼりました。雪には風で介殻《かいがら》のようなかたがつき、その頂《いただき》には、一本の大きな栗の木が、美しい黄金《きん》いろのやどりぎのまりをつけて立っていました。

「とっといで」雪童子が丘をのぼりながら云《い》いますと、一疋の雪狼は、主人の小さな歯のちらっと光るのを見るや、ごむまりのようにいきなり木にはねあがって、その赤い実のついた小さな枝を、がちがち噛《か》じりました。木の上でしきりに頸《くび》をまげている雪狼の影法師は、大きく長く丘の雪に落ち、枝はとうとう青い皮と、黄いろの心《しん》とをちぎられて、いまのぼってきたばかりの雪童子の足もとに落ちました。

「ありがとう」雪童子はそれをひろいながら、白と藍《あい》いろの野はらにたっている、美しい町をはるかにながめました。川がきらきら光って、停車場からは白い煙もあがっていました。雪童子は眼を丘のふもとに落としました。その山裾《やますそ》の細い雪みちを、さっきの赤毛布《あかけっと》を着た子供が、一しんに山のうちの方へ急いでいるのでした。

「あいつは昨日、木炭《すみ》のそりを押して行った。砂糖を買って、じぶんだけ帰ってきたな」雪童子はわらいながら、手にもっていたやどりぎの枝を、ぷいっとこどもになげつけました。枝はまるで弾丸《たま》のようにまっすぐに飛んで行って、たしかに子供の目の前に落ちました。

子供はびっくりして枝をひろって、きょろきょろあちこちを見まわしています。雪童子はわらって革むちを一つひゅうと鳴らしました。

すると、雲もなく研《みが》きあげられたような群青《ぐんじょう》の空から、まっ白な雪が、さぎの毛のように、いちめんに落ちてきました。それは下の平原の雪や、ビール色の日光、茶いろのひのきでできあがった、しずかな奇麗《きれい》な日曜日を、一そう美しくしたのです。

子どもは、やどりぎの枝をもって、一生けん命にあるきだしました。

けれども、その立派な雪が落ち切ってしまったころから、お日さまはなんだか空の遠くの方へお移りになって、そこのお旅屋で、あのまばゆい白い火を、あたらしくお焚きなされているようでした。

そして西北《にしきた》の方からは、少し風が吹いてきました。

もうよほど、そらも冷たくなってきたのです。東の遠くの海の方では、空の仕掛けを外したような、ちいさなカタッという音が聞こえ、いつかまっしろな鏡に変わってしまったお日さまの面《めん》を、なにかちいさなものがどんどんよこ切って行くようです。

雪童子は革むちをわきの下にはさみ、堅く腕を組み、唇《くちびる》を結んで、その風の吹いて来る方をじっと見ていました。狼どもも、まっすぐに首をのばして、しきりにそっちを望みました。

風はだんだん強くなり、足もとの雪は、さらさらさらさらうしろへ流れ、間もなく向こうの山脈の頂に、ぱっと白いけむりのようなものが立ったとおもうと、もう西の方は、すっかり灰いろに暗くなりました。

雪童子の眼は、鋭く燃えるように光りました。そらはすっかり白くなり、風はまるで引き裂くよう、早くも乾いたこまかな雪がやって来ました。そこらはまるで灰いろの雪でいっぱいです。雪だか雲だかもわからないのです。

丘の稜《かど》は、もうあっちもこっちも、みんな一度に、軋《きし》るように切るように鳴り出しました。地平線も町も、みんな暗い烟《けむり》の向こうになってしまい、雪童子の白い影ばかり、ぼんやりまっすぐに立っています。

その裂くような吼《ほ》えるような風の音の中から、

「ひゅう、なにをぐずぐずしているの。さあ降らすんだよ。降らすんだよ。ひゅうひゅうひゅう、ひゅひゅう、降らすんだよ、飛ばすんだよ、なにをぐずぐずしているの。こんなに急がしいのにさ。ひゅう、ひゅう、向こうからさえわざと三人連れてきたじゃないか。さあ、降らすんだよ。ひゅう」あやしい声がきこえてきました。

雪童子はまるで電気にかかったように飛びたちました。雪婆んごがやってきたのです。

ぱちっ、雪童子の革むちが鳴りました。狼どもは一ぺんにはねあがりました。雪わらすは顔いろも青ざめ、唇も結ばれ、帽子も飛んでしまいました。

「ひゅう、ひゅう、さあしっかりやるんだよ。なまけちゃいけないよ。ひゅう、ひゅう。さあしっかりやっておくれ。今日はここらは水仙月《すいせんづき》の四日だよ。さあしっかりさ。ひゅう」

雪婆んごの、ぼやぼやつめたい白髪《しらが》は、雪と風とのなかで渦になりました。どんどんかける黒雲の間から、その尖った耳と、ぎらぎら光る黄金の眼も見えます。

西の方の野原から連れて来られた三人の雪童子も、みんな顔いろに血の気もなく、きちっと唇を噛んで、お互い挨拶さえも交わさずに、もうつづけざませわしく革むちを鳴らし行ったり来たりしました。もうどこが丘だか雪けむりだか空だかさえもわからなかったのです。聞こえるものは雪婆んごのあちこち行ったり来たりして叫ぶ声、お互いの革鞭《かわむち》の音、それからいまは雪の中をかけあるく九疋《くひき》の雪狼どもの息の音ばかり、そのなかから雪童子はふと、風にけされて泣いているさっきの子供の声をききました。

雪童子の瞳はちょっとおかしく燃えました。しばらくたちどまって考えていましたがいきなり烈《はげ》しく鞭をふってそっちへ走ったのです。

けれどもそれは方角がちがっていたらしく雪童子はずうっと南の方の黒い松山にぶっつかりました。雪童子は革むちをわきにはさんで耳をすましました。

「ひゅう、ひゅう、なまけちゃ承知しないよ。降らすんだよ、降らすんだよ。さあ、ひゅう。今日は水仙月の四日だよ。ひゅう、ひゅう、ひゅう、ひゅうひゅう」

そんなはげしい風や雪の声の間からすきとおるような泣き声がちらっとまた聞こえ

てきました。雪童子はまっすぐにそっちへかけて行きました。雪婆んごのふりみだした髪が、その顔に気みわるくさわりました。峠の雪の中に、赤い毛布をかぶったさっきの子が、風にかこまれて、もう足を雪から抜けなくなってよろよろ倒れ、雪に手をついて、起きあがろうとして泣いていたのです。

「毛布をかぶって、うつ向けになっておいで。毛布をかぶって、うつむけになっておいで。ひゅう」雪童子は走りながら叫びました。けれどもそれは子どもにはただ風の声ときこえ、そのかたちは眼に見えなかったのです。

「うつむけに倒れておいで。ひゅう。動いちゃいけない。じきやむからけっとをかぶって倒れておいで」雪わらすはかけ戻りながらまた叫びました。子どもはやっぱり起きあがろうとしてもがいていました。

「倒れておいで、ひゅう、だまってうつむけに倒れておいで、今日はそんなに寒くないんだから凍《こご》えやしない」

雪童子は、も一ど走り抜けながら叫びました。子どもは口をびくびくまげて泣きながらまた起きあがろうとしました。

「倒れているんだよ。だめだねえ」雪童子は向こうからわざとひどくつきあたって子どもを倒しました。

「ひゅう、もっとしっかりやっておくれ、なまけちゃいけない。さあ、ひゅう」

雪婆んごがやってきました。その裂けたように紫な口も尖った歯もぼんやり見えました。

「おや、おかしな子がいるね、そうそう、こっちへとってしまい。水仙月の四日だもの、一人や二人とったっていいんだよ」

「ええ、そうです。さあ、死んでしまえ」雪童子はわざとひどくぶっつかりながらまたそっと云いました。

「倒れているんだよ。動いちゃいけない。動いちゃいけないったら」

狼どもが気ちがいのようにかけめぐり、黒い足は雪雲の間からちらちらしました。

「そうそう、それでいいよ。さあ、降らしておくれ。なまけちゃ承知しないよ。ひゅうひゅうひゅう、ひゅひゅう」雪婆んごは、また向こうへ飛んで行きました。

子供はまた起きあがろうとしました。雪童子は笑いながら、も一度ひどくつきあたりました。もうそのころは、ぼんやり暗くなって、まだ三時にもならないに、日が暮れるように思われたのです。こどもは力もつきて、もう起きあがろうとしませんでし

ました。

雪童子は笑いながら、手をのばして、その赤い毛布を上からすっかりかけてやりました。

「そうして睡《ねむ》っておいで。布団をたくさんかけてあげるから。そうすれば凍えないんだよ。あしたの朝までカリメラの夢を見ておいで」

雪わらすは同じとこを何べんもかけて、雪をたくさんこどもの上にかぶせました。まもなく赤い毛布も見えなくなり、あたりとの高さも同じになってしまいました。

「あのこどもは、ぼくのやったやどりぎをもっていた」雪童子はつぶやいて、ちょっと泣くようにしました。

「さあ、しっかり、今日は夜の二時までやすみなしだよ。ここらは水仙月の四日なんだから、やすんじゃいけない。さあ、降らしておくれ。ひゅう、ひゅうひゅう、ひゅひゅう」

雪婆んごはまた遠くの風の中で叫びました。

そして、風と雪と、ぼさぼさの灰のような雲のなかで、ほんとうに日は暮れ雪は夜じゅう降って降って降ったのです。やっと夜明けに近いころ、雪婆んごはも一度、南から北へまっすぐに馳《は》せながら云いました。

「さあ、もうそろそろやすんでいいよ。あたしはこれからまた海の方へ行くからね、だれもついて来ないでいいよ。ゆっくりやすんでこの次の仕度をして置いておくれ。ああまあいいあんばいだった。水仙月の四日がうまく済んで」

その眼は闇《やみ》のなかでおかしく青く光り、ばさばさの髪を渦巻かせ口をびくびくしながら、東の方へかけて行きました。

野はらも丘もほっとしたようになって、雪は青じろくひかりました。空もいつかすっかり霽《は》れて、桔梗《ききょう》いろの天球には、いちめんの星座がまたたきました。

雪童子らは、めいめい自分の狼をつれて、はじめてお互い挨拶しました。

「ずいぶんひどかったね」

「ああ」

「こんどはいつ会うだろう」

「いつだろうねえ、しかし今年中に、もう二へんぐらいのもんだろう」

「早くいっしょに北へ帰りたいね」

「ああ」

「さっきこどもがひとり死んだな」

「大丈夫だよ。眠ってるんだ。あしたあすこへぼくしるしをつけておくから」

「ああ、もう帰ろう。夜明けまでに向こうへ行かなくちゃ」

「まあいいだろう。ぼくね、どうしてもわからない。あいつはカシオペーアの三つ星だろう。みんな青い火なんだろう。それなのに、どうして火がよく燃えれば、雪をよこすんだろう」

「それはね、電気菓子とおなじだよ。そら、ぐるぐるぐるまわっているだろう。ザラメがみんな、ふわふわのお菓子になるねえ、だから火がよく燃えればいいんだよ」

「ああ」

「じゃ、さよなら」

「さよなら」

三人の雪童子は、九疋の雪狼をつれて、西の方へ帰って行きました。

まもなく東のそらが黄ばらのように光り、琥珀《こはく》いろにかがやき、黄金に燃えだしました。丘も野原もあたらしい雪でいっぱいです。

雪狼どもはつかれてぐったり座っています。雪童子も雪に座ってわらいました。その頬《ほお》は林檎《りんご》のよう、その息は百合《ゆり》のようにかおりました。

ギラギラのお日さまがお登りになりました。今朝は青味がかって一そう立派です。日光は桃いろにいっぱいに流れました。雪狼は起きあがって大きく口をあき、その口からは青い焔がゆらゆらと燃えました。

「さあ、おまえたちはぼくについておいで。夜があけたから、あの子どもを起こさなけあいけない」

雪童子は走って、あの昨日の子供の埋《うず》まっているとこへ行きました。

「さあ、ここらの雪をちらしておくれ」

雪狼どもは、たちまち後足で、そこらの雪をけたてました。風がそれをけむりのように飛ばしました。

かんじきをはき毛皮を着た人が、村の方から急いでやってきました。

「もういいよ」雪童子は子供の赤い毛布のはじが、ちらっと雪から出たのをみて叫びました。

「お父さんが来たよ。もう眼をおさまし」雪わらすはうしろの丘にかけあがって一本の雪けむりをたてながら叫びました。子どもはちらっとうごいたようでした。そして毛皮の人は一生けん命走ってきました。

日記帳

江戸川乱歩

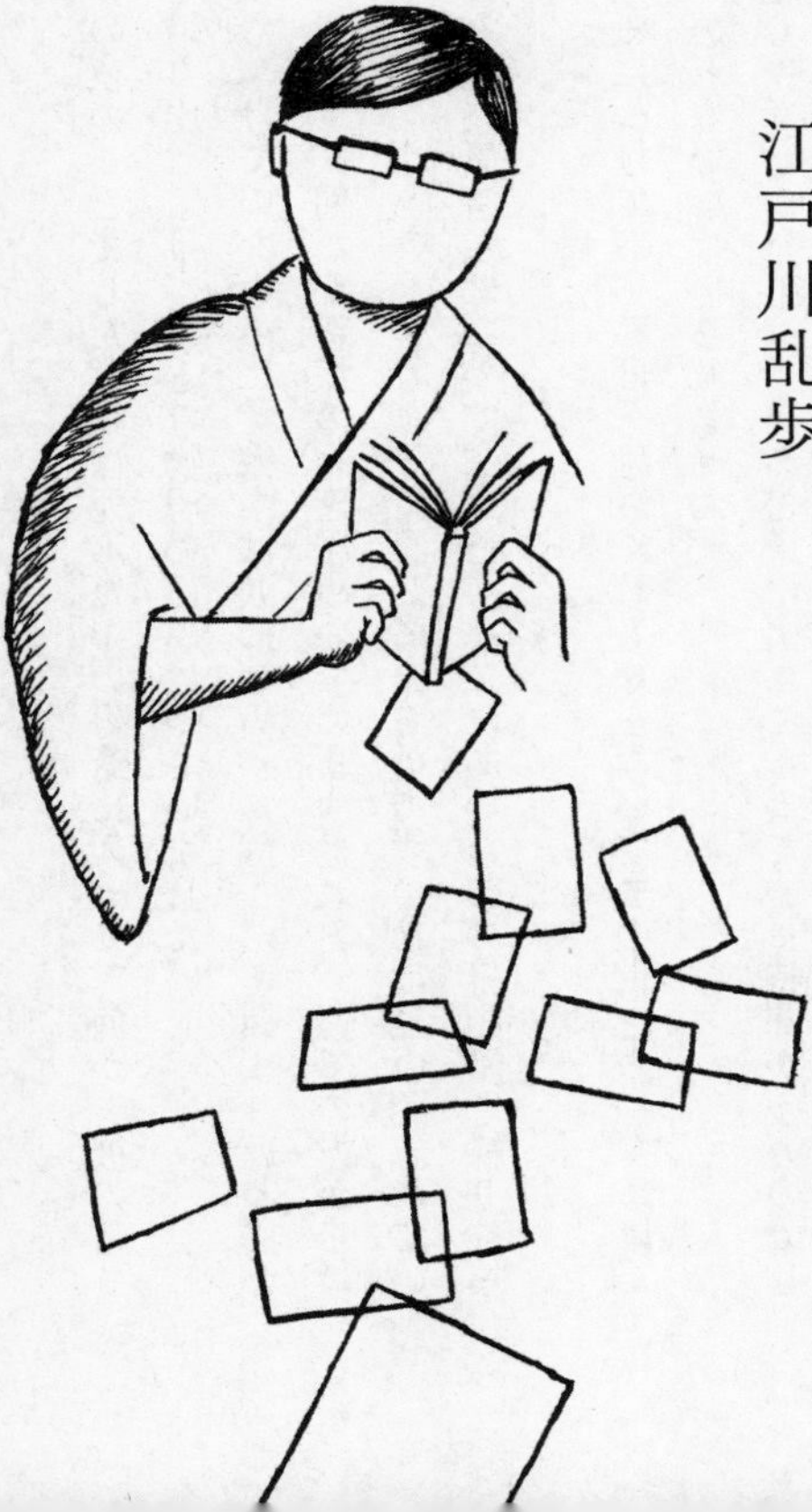

ちょうど初七日《しょなぬか》の夜のことでした。私は死んだ弟の書斎に入って、何かと彼の書き残したものなどを取り出しては、ひとり物思いにふけっていました。まだ、さして夜もふけていないのに、家中は涙にしめって、しんと鎮《しず》まり返っています。そこへ持って来て、何だか新派《しんぱ》のお芝居めいていますけれど、遠くの方からは、物売りの呼び声などが、さも悲しげな調子で響いて来るのです。私は長い間忘れていた、幼い、しみじみした気持ちになって、ふと、そこにあった弟の日記帳を繰りひろげて見ました。

この日記帳を見るにつけても、私は、恐らく恋も知らないでこの世を去った、はたちの弟をあわれに思わないではいられません。

内気者で、友達も少なかった弟は、自然書斎に引きこもっている時間が多いのでした。細いペンでこくめいに書かれた日記帳からだけでも、そうした彼の性質は十分うかがうことが出来ます。そこには、人生に対する疑いだとか、信仰に関する煩悶《はんもん》だとか、彼の年頃にはだれでもが経験するところの、いわゆる青春の悩みについて、幼稚ではありますけれど如何《いか》にも真摯《しんし》な文章が書きつづってあるのです。

私は自分自身の過去の姿を眺めるような心持ちで、一枚一枚とペイジをはぐって行きました。それらのペイジには到《いた》るところに、そこに書かれた文章の奥から、あの弟の鳩のような臆病《おくびょう》らしい目が、じっと私の方を見つめているのです。

そうして、三月九日のところまで読んで行った時に、感慨に沈んでいた私が、思わず軽い叫び声を発した程も、私の目をひいたものがありました。それは、純潔《じゅんけつ》なその日記の文章の中に、始めてポッツリと、はなやかな女の名前が現れたのです。そして「発信欄」と印刷した場所に「北川雪枝（葉書）」と書かれた、その雪枝さんは、私もよく知っている、私達とは遠縁に当たる家の、若い美しい娘だったのです。

それでは弟は雪枝さんを恋していたのかも知れない。私はふとそんな気がしました。そこで私は、一種の淡い戦慄《せんりつ》を覚えながら、なおもその先を、ひもといて見ましたけれど、私の意気込んだ予期に反して、日記の本文には、少しも雪枝さんは現れて来ないのでした。ただ、その翌日の受信欄に、「北川雪枝（葉書）」とあるのを始めに数日の間をおいては、受信欄と発信欄の双方に雪枝さんの名前が記されているばかりなのです。そして、それも発信の方は三月九日から五月二十一日まで、受信の方も同じ時分に始まって五月十七日まで、両方とも三月《みつき》に足らぬ短い期間続いているだけで、それ以後には、弟の病状が進んで筆をとることも出来なくなった十月なかばに至るまで、その彼の絶筆ともいうべき最後のページにすら、一度も雪枝さんの名前は出ていないのでした。

数えて見れば、彼の方からは八回、雪枝さんの方からは十回の文通があったに過ぎず、しかも彼のにも雪枝さんのにも、ことごとく「葉書」と記してあるのを見ると、それには他聞《たぶん》をはばかる様な種類の文言《もんごん》が記してあったとも考えられません。そして、また日記帳の全体の調子から察するのに、実際はそれ以上の事実があったのを、彼がわざと書かないでおいたものとも思われぬのです。

私は安心とも失望ともつかぬ感じで、日記帳をとじました。そして、弟はやっぱり恋を知らずに死んだのかと、さびしい気持ちになったことでした。

やがて、ふと目を上げて、机の上を見た私は、そこに、弟の遺愛《いあい》の小型の手文庫《てぶんこ》のおかれているのに気づきました。彼が生前、一番大切な品々を納めておいたらしい、その高《たか》まき絵の古風な手文庫の中には、あるいはこの私のさびしい心持ちをいやしてくれる何物かが隠されていはしないか。そんな好奇心から、私は何気なくその手文庫を開いて見ました。

すると、その中には、このお話に関係のない様々の書類などが入れられてありましたが、その一番底の方から、ああ、やっぱりそうだったのか。如何にも大事そうに白紙に包んだ、十一枚の絵葉書が、雪枝さんからの絵葉書が出て来たのです。恋人から送られたものでなくて、だれがこんなに大事そうに手文庫の底へひめてなぞ置きましょう。

私は、にわかに胸騒ぎを覚えながら、その十一枚の絵葉書を、次から次へと調べて行きました。ある感動の為に葉書を持った私の手は、不自然にふるえてさえいました。だが、どうしたことでしょう。それ等《ら》の葉書には、どの文面からも、あるいはまたその文面のどの行間からさえも、恋文らしい感じはいささかも発見することが出来ないのです。

それでは、弟は、彼の臆病な気質から、心の中を打ち開けることさえようしないで、ただ恋しい人から送られた、何の意味もないこの数通の絵葉書を、お守りかなんぞの様に大切に保存して、可哀相《かわいそう》にそれをせめてもの心やりにしていたのでしょうか。そして、とうとう、報《むく》いられぬ思いを抱いたままこの世を去ってしまったのでしょうか。

私は雪枝さんからの絵葉書を前にして、それからそれへと、様々の思いにふけるのでした。しかし、これはどういう訳なのでしょう。やがて私は、その事に気づきました。弟の日記には雪枝さんからの受信は十回きりしか記されていないのに（それはさっき数えて見て覚えていました）今ここには十一通の絵葉書があるではありませんか。最後のは五月二十五日の日附になっています。確かその日の日記には、受信欄に雪枝さんの名前はなかった様です。そこで、私は再び日記帳をとり上げて、その五月二十五日の所を開いて見ないではいられませんでした。

すると、私は大変な見落としをしていたことに気附きました。如何にもその日の受信欄は空白のまま残されていましたけれど、本文の中に、次の様な文句が書いてあったではありませんか。

「最後の通信に対してYより絵葉書来る。失望。おれはあんまり臆病すぎた。今になってはもう取り返しがつかぬ。ああ」

Yというのは雪枝さんのイニシャルに相違ありません。外《ほか》に同じ頭字《かしらじ》の知り人はないはずです。しかし、この文句は一体何を意味するのでしょう。日記によれば、彼は雪枝さんの処《ところ》へ葉書を書いているばかりです。まさか葉書に恋文を認《したた》めるはずもありません。では、この日記には記してない、封書を（それがいわゆる最後の通信かも知れません）送ったことでもあるのでしょうか。そして、それに対する返事として、この無意味な絵葉書が返って来たとでもいうのでしょうか。なるほど、以来彼からも雪枝さんからも交通を絶っているのを見ると、そうの様にも考えられます。

でも、それにしては、この雪枝さんからの最後の葉書の文面は、たとい拒絶の意味を含ませたものとしても、余《あま》りに変です。なぜといって、そこには、（もうその時分から弟は病の床についていたのです）病気見舞いの文句が、美しい手蹟《しゅせき》で書かれているだけなのですから。そして、またこんなにこくめいに発信受信を記していた弟が、八通の葉書の外に封書を送ったものとすれば、それを記していないはずはありません。では、この失望うんぬんの文句は一体何を意味するものでしょうか。そんな風に色々考えて見ますと、そこには、どうも辻《つじ》つまの合わぬ所が、表面に現れている事実だけでは解釈の出来ない秘密が、ある様に思われます。

これは、亡弟《ぼうてい》が残して行った一つのなぞとして、そっとそのままにしておくべき事柄だったかも知れません。しかし、何の因果《いんが》か私には、少しでも疑わしい事実にぶっつかると、まるで探偵が犯罪のあとを調べ廻る様に、あくまでその真相をつきとめないではいられない性質がありました。しかも、この場合は、そのなぞが本人によっては永久に解かれる機会がないという事情があったばかりでなく、その事の実否《じっぴ》は私自身の身の上にもある大きな関係を持っていたものですから、持ち前の探偵癖《へき》が一層の力強さをもって私をとらえたのです。

私はもう、弟の死をいたむことなぞ忘れてしまったかの様に、そのなぞを解くのに夢中になりました。日記も繰り返し読んで見ました。その他の弟の書きものなぞも、残らず探し出して調べました。しかし、そこには、恋の記録らしいものは、何一つ発見することが出来ないのです。考えて見れば、弟は非常なはにかみ屋だった上に、この上もなく用心深いたちでしたから、いくら探したとて、そういうものが残っているはずもないのでした。

でも、私は夜の更《ふ》けるのも忘れて、このどう考えても解けそうにないなぞを解くことに没頭していました。長い時間でした。

やがて、種々様々な無駄な骨折りの末、ふと私は、弟の葉書を出した日附に不審を抱きました。日記の記録によれば、それは次の様な順序なのです。

三月……九日、十二日、十五日、二十二日、

四月……五日、二十五日、
五月……十五日、二十一日、

この日附は、恋するものの心理に反してはいないでしょうか、たとえ恋文でなくとも、恋する人への文通が、あとになる程うとましくなっているのは、どうやら変ではありますまいか。これを雪枝さんからの葉書の日附と対照して見ますと、なお更《さら》その変なことが目立ちます。

三月……十日、十三日、十七日、二十三日、
四月……六日、十四日、十八日、二十六日、
五月……三日、十七日、二十五日、

これを見ると、雪枝さんは弟の葉書に対して（それらは皆何の意味もない文面ではありましたけれど）それぞれ返事を出している外に、四月の十四日、十八日、五月の三日と、少なくともこの三回だけは、彼女の方から積極的に文通しているのですが、もし弟が彼女を恋していたとすれば、何故《なにゆえ》この三回の文通に対して答えることを怠《おこた》っていたのでしょう。それは、あの日記帳の文句と考え合わせて、余りに不自然ではないでしょうか。日記によれば、当時弟は旅行をしていたのでもなければ、あるいはま

た、筆もとれぬ程の病気をやっていた訳でもないのです。それからも一つは、雪枝さんの、無意味な文面だとはいえ、この頻繁な文通は、相手が若い男であるだけに、おかしく考えれば考えられぬこともありません。それが、双方ともいい合わせた様に、五月二十五日以後はふっつりと文通しなくなっているのは、一体どうした訳なのでしょう。

そう考えて、弟の葉書を出した日附を見ますと、そこに何か意味がありそうに思われます。もしや彼は暗号の恋文を書いたのではないでしょうか。そして、この葉書の日附がその暗号文を形造っているのではありますまいか。これは、弟の秘密を好む性質だったことから推《お》して、満更《まんざら》あり得ないことではないのです。

そこで、私は日附の数字が「いろは」か「アイウエオ」か「ＡＢＣ」か、いずれかの文字の順序を示すものではないかと一々《いちいち》試みて見ました。幸か不幸か私は暗号解読についていくらか経験があったのです。

すると、どうでしょう。三月の九日はアルファベットの第九番目のＩ、同じく十二日は第十二番目の、Ｌ、そういう風にあてはめて行きますと、この八つの日附は、なんと、I LOVE YOU と解くことが出来るではありませんか。ああ、何という子供らしい、同時に、世にも辛抱強い恋文だったのでしょう。彼はこの「私はあなたを愛する」というたった一言を伝える為に、たっぷり三ヶ月の日子《にっし》を費やしたのです。ほんとうにうその様な話しです。でも、弟の異様な性癖を熟知していた私には、これが偶然の符合だなどとは、どうにも考えられないのでした。

か様に推察すれば一切が明白になります。「失望」という意味も分かります。彼が最後のUの字に当たる葉書を出したのに対して、雪枝さんは相変わらず無意味な絵葉書をむくいたのです。しかも、それはちょうど、弟が医者からあのいまわしい病を宣告せられた時分なのでした。可哀相な彼は、この二重の痛手に最早《もはや》再び恋文を書く気になれなかったのでしょう。そして、だれにも打ち開けなかった、当の恋人にさえ、打ち開けはしたけれど、その意志の通じなかった切ない思いを抱いて、死んで行ったのです。

私はいい知れぬ暗い気持ちに襲われて、じっとそこに坐ったまま立ち上がろうともしませんでした。そして、前にあった雪枝さんからの絵葉書を、弟が手文庫の底深くひめていたそれらの絵葉書を、何の故ともなくボンヤリ見つめていました。

すると、おお、これはまあ何という意外な事実でしょう。ろくでもない好奇心よ、のろわれてあれ。私はいっそ凡《すべ》てを知らないでいた方が、どれ程よかったことか、この雪枝さんからの絵葉書の表には、綺麗《きれい》な文字で弟の宛名が書かれたわきに、一つの例外もなく、切手がななめにはってあるではありませんか。態《わざ》とでなければ出来ない様に、キチンと行儀よく、ななめにはってあるではありませんか。それは決して偶然の粗相《そそう》なぞではないのです。

私はずっと以前、多分小学時代だったと思います。ある文学雑誌に切手のはり方によって秘密通信をする方法が書いてあったのを、もうその頃から好奇心の強い男だったと見えて、よく覚ていました。中にも、恋を現すには切手をななめにはればよいという所は、実は一度応用して見た事がある程で、決して忘れません。この方法は当時の青年男女の人気に投じて、随分流行したものです。しかしそんな古い時代の流行を、今の若い女が知っていようはずはありませんが、ちょうど雪枝さんと弟との文通が行われた時分に、宇野浩二の「二人の青木愛三郎」という小説が出て、その中にこの方法がくわしく書いてあったのです。当時私達の間に話題になった程ですから、弟も雪枝さんも、それをよく知っていたはずです。

では、弟はその方法を知っていながら、雪枝さんが三月も同じことを繰り返して、遂には失望してしまうまでも、彼女の心持ちを悟ることが出来なかったのはどういう訳なのでしょう。その点は私にもわかりません。あるいは忘れてしまっていたのかも知れません。それともまた、切手のはり方などには気づかない程、のぼせ切っていたのかも知れません。いずれにしても、「失望」などと書いているからは、彼がそれに気づいていなかったことは確かです。

それにしても、今の世にかくも古風な恋があるものでしょうか。もし私の推察が誤らぬとすれば、彼等はお互いに恋しあっていながら、その恋を訴えあってさえいながら、しかし双方とも少しも相手の心を知らずに、一人は痛手を負うたままこの世を去り、一人は悲しい失恋の思いを抱いて長い生がいを暮らさねばならぬとは。

それは余りにも臆病過ぎた恋でした。雪枝さんはうら若い女のことですからまだ無理のない点もありますけれど、弟の手段に至っては、臆病というよりはむしろ卑怯《ひきょう》に近いものでした。さればといって、私はなき弟のやり方を少しだって責める気はありません。それどころか、私は、彼のこの一種異様な性癖を世にもいとしく思うのです。

生まれつき非常なはにかみ屋で、臆病者で、それでいてかなり自尊心の強かった彼は、恋する場合にも、まず拒絶された時の恥ずかしさを想像したに相違ありません。

それは、弟の様な気質の男にとっては、常人には到底考えも及ばぬ程ひどい苦痛なのです。彼の兄である私には、それがよく分かります。

彼はこの拒絶の恥を予防する為にどれ程苦心したことでしょう。恋を打ち開けないではいられない。しかし、もし打ち開けてこばまれたら、その恥ずかしさ、気まずさ、それは相手がこの世に生きながらえている間、いつまでもいつまでも続くのです。何とかして、もし拒まれた場合には、あれは恋文ではなかったのだといい抜ける様な方法がないものだろうか。彼はそう考えたに相違ありません。

その昔、大宮人《おおみやびと》は、どちらにでも意味のとれる様な「恋歌」という巧みな方法によって、あからさまな拒絶の苦痛をやわらげようとしました。彼の場合はちょうどそれなのです。ただ、彼のは日頃愛読する探偵小説から思いついた暗号通信によって、その目的を果たそうとしたのですが、それが、不幸にも、彼の余り深い用心の為に、あの様な難解なものになってしまったのです。

それにしても、彼は自分自身の暗号を考え出した綿密さにも似あわないで、相手の暗号を解くのに、どうしてこうも鈍感だったのでしょう。自《うぬ》ぼれ過ぎた為に飛んだ失敗を演じる例は、世に間々《まま》あることですけれど、これはまた自ぼれのなさ過ぎた為の悲劇です。何という本意ないことでしょう。

ああ、私は弟の日記帳をひもといたばかりに、とり返しのつかぬ事実に触れてしまったのです。私はその時の心持ちを、どんな言葉で形容しましょう。それが、ただ若い二人の気の毒な失敗をいたむばかりであったなら、まだしもよかったのです。しかし、私にはもう一つの、もっと利己《りこ》的な感情がありました。そして、その感情が私の心を狂うばかりにかき乱したのです。

私は熱した頭を冬の夜の凍った風にあてる為に、そこにあった庭下駄をつっかけて、フラフラと庭へ下りました。そして乱れた心そのままに、木立の間を、グルグルと果てしもなく廻り歩くのでした。

弟の死ぬ二ヶ月ばかり前に取りきめられた、私と雪枝さんとの、とり返しのつかぬ婚約のことを考えながら。

# 鮨

岡本かの子

東京の下町と山の手の境い目といったような、ひどく坂や崖の多い街がある。

表通りの繁華から折れ曲って来たものには、別天地の感じを与える。

つまり表通りや新道路の繁華な刺戟《しげき》に疲れた人々が、時々、刺戟を外して気分を転換する為に紛《まぎ》れ込むようなちょっとした街筋――

福ずしの店のあるところは、この町でも一ばん低まったところで、二階建ての銅張りの店構えは、三、四年前表だけを造作したもので、裏の方は崖に支えられている柱の足を根つぎして古い住宅のままを使っている。

古くからある普通の鮨屋《すしや》だが、商売不振で、先代の持ち主は看板ごと家作《かさく》をともよの両親に譲って、店もだんだん行き立って来た。

新しい福ずしの主人は、もともと東京で屈指の鮨店で腕を仕込んだ職人だけに、周囲の状況を察して、鮨の品質を上げて行くに造作《ぞうさ》もなかった。前にはほとんど出まえだったが、新しい主人になってからは、鮨盤《すしばん》の前や土間に腰かける客が多くなったので、始めは、主人夫婦と女の子のともよ三人きりの暮らしであったが、やがて職人を入れ、子供と女中を使わないでは間に合わなくなった。

店へ来る客は十人十いろだが、全体については共通するものがあった。

後からも前からもぎりぎりに生活の現実に詰め寄られている、その間をぽっと外して気分を転換したい。

一つ一つ我《わが》ままがきいて、ちんまりした贅沢《ぜいたく》ができて、そして、ここへ来ている間は、くだらなくばかになれる。好みの程度に自分から裸になれたり、仮装したり出来る。たとえ、そこで、どんな安ちょくなことをしても云《い》っても、誰も軽蔑《けいべつ》するものがない。お互いに現実から隠れんぼうをしているような者同志の一種の親しさ、そして、かばい合うような懇《ねん》ごろな眼《まな》ざしで鮨をつまむ手つきや茶を呑《の》む様子を視合《みあ》ったりする。かとおもうとまたそれは人間というより木石の如《ごと》く、はたの神経とはまったく無交渉な様子で黙々といくつかの鮨をつまんで、さっさと帰って行く客もある。

鮨というものの生む甲斐甲斐《かいがい》しいまめやかな雰囲気、そこへ人がいくら耽《ふけ》り込んでも、擾《みだ》れるようなことはない。万事が手軽くこだわりなく行き過ぎてしまう。

福ずしへ来る客の常連は、元狩猟銃器店の主人、デパート外客廻り係長、歯科医師、畳屋の伜《せがれ》、電話のブローカー、石膏《せっこう》模型の技術家、児童用品の売り込み人、兎肉《うさぎにく》販売の勧誘員、証券商会をやったことのあった隠居《いんきょ》――このほかにこの町の近くの何処《どこ》かに棲《す》んでいるに違いない劇場関係の芸人で、劇場がひまな時は、何か内職をするらしく、脂《あぶら》づいたような絹ものをぞろりと着て、青白い手で鮨を器用につまんで喰べて行く男もある。

常連で、この界隈《かいわい》に住んでいる暇のある連中は散髪のついでに寄って行くし、遠くからこの附近へ用足しのあるものは、その用の前後に寄る。季節によって違うが、日が長くなると午後の四時頃から灯がつく頃が一ばん落ち合って立て込んだ。

めいめい、好み好みの場所に席を取って、鮨種子《だね》で融通してくれるさしみや、酢のもので酒を飲むものもあるし、すぐ鮨に取りかかるものもある。

ともよの父親である鮨屋の亭主は、ときには仕事場から土間へ降りて来て、黒みがかった押し鮨を盛った皿を常連のまん中のテーブルに置く。

「何だ、何だ」

好奇の顔が四方から覗き込む。

「まあ、やってご覧、あたしの寝酒《ねざけ》の肴《さかな》さ」

亭主は客に友達のような口をきく。

「こはだにしちゃ味が濃いし――」

ひとつ撮《つま》んだのがいう。

「鯵《あじ》かしらん」

すると、畳敷の方の柱の根に横坐りにして見ていた内儀《かみ》さん――ともよの母親――が、はははと太り肉《じし》を揺すって「みんなおとッつあんに一ぱい喰った」と笑った。

それは塩さんまを使った押し鮨で、おからを使って程よく塩と脂を抜いて、押し鮨にしたのであった。

「おとっさん狡《ずる》いぜ、ひとりでこっそりこんな旨《うま》いものを拵《こしら》えて食うなんて――」

「へえ、さんまも、こうして食うとまるで違うね」

客たちのこんな話がひとしきりがやがや渦まく。

「なにしろあたしたちは、銭のかかる贅沢はできないからね」

「おとっさん、なぜこれを、店に出さないんだ」

「冗談いっちゃ、いけない、これを出した日にゃ、他の鮨が蹴押されて売れなくなっちまわ。第一、さんまじゃ、いくらも値段がとれないからね」

「おとッつあん、なかなか商売を知っている」

その他、鮨の材料を採ったあとの鰹《かつお》の中落《なかお》ちだの、鮑《あわび》の腸《はらわた》だの、鯛《たい》の白子《しらこ》だのを巧みに調理したものが、ときどき常連にだけ突き出された。ともよはそれを見て「飽きあきする、あんなまずいもの」と顔を皺《しわ》めた。だが、それらは常連からくれといってもなかなか出さないで、思わぬときにひょっこり出す。亭主はこのことにかけてだけいこじでむら気なのを知っているので決してねだらない。

よほど欲しいときは、娘のともよにこっそり頼む。するとともよは面倒臭そうに探し出して与える。

ともよは幼い時から、こういう男達は見なれて、その男たちを通して世の中を頃あいでこだわらない、いささか稚気《ちき》のあるものに感じて来ていた。

女学校時代に、鮨屋の娘ということが、いくらか恥じられて、家の出入りの際には、できるだけ友達を近づけないことにしていた苦労のようなものがあって、孤独な感じはあったが、ある程度までの孤独感は、家の中の父母の間柄からも染みつけられていた。父と母と喧嘩《けんか》をするような事はなかったが、気持ちはめいめい独立していた。ただ生きて行くことの必要上から、事務的よりも、もう少し本能に喰い込んだ協調やいたわり方を暗黙のうちに交換して、それが反射的にまで発育しているので、世間からは無口で比較的仲のよい夫婦にも見えた。父親は、どこか下町のビルヂングに支店を出すことに熱意を持ちながら、小鳥を飼うのを道楽にしていた。母親は、物見遊山《ものみゆさん》にも行かず、着ものも買わない代わりに月々の店の売上げ額から、自分だけの月がけ貯金をしていた。

両親は、娘のことについてだけは一致したものがあった。とにかく教育だけはしとかなくてはということだった。まわりに浸々《ひたひた》と押し寄せて来る、知識的な空気に対して、この点では両親は期せずして一致して社会への競争的なものは持っていた。

「自分は職人だったからせめて娘は」

と――だが、それから先をどうするかは、全く茫然《ぼうぜん》としていた。

無邪気に育てられ、表面だけだが世事に通じ、軽快でそして孤独的なものを持っている。これがともよの性格だった。こういう娘を誰も目の敵《かたき》にしたり邪魔にするものはない。ただ男に対してだけは、ずばずば応対して女の子らしい羞《はじ》らいも、作為の態度もないので、一時女学校の教員の間で問題になったが、商売柄、自然、そういう女の子になったのだと判って、いつの間にか疑いは消えた。
ともよは学校の遠足会で多摩川べりへ行ったことがあった。春さきの小川の淀《よど》みの淵《ふち》を覗いていると、いくつも鮒《ふな》が泳ぎ流れて来て、新茶のような青い水の中に尾鰭《おひれ》を閃《ひらめ》かしては、杭根《くいね》の苔を食《は》んで、また流れ去って行く。するともうあとの鮒が流れ溜まって尾鰭を閃かしている。流れ来《け》り、流れ去るのだが、その交替は人間の意識の眼には留まらない程すみやかでかすかな作業のようで、いつも若干の同じ魚が、そこに遊んでいるかとも思える。ときどきは不精《ぶしょう》そうな鯰《なまず》も来た。
自分の店の客の新陳代謝はともよにはこの春の川の魚のようにも感ぜられた（たとえ常連というグループはあっても、そのなかの一人一人はいつか変わっている）。自分は杭根のみどりの苔のように感じた。みんな自分に軽く触れては慰《なぐさ》められて行く。ともよは店のサーヴィスを義務とも辛抱とも感じなかった。胸も腰もつくろわない少女じみたカシミヤの制服を着て、有り合わせの男下駄をカランカラン引きずって、客へ茶を運ぶ。客が情事めいたことをいって揶揄《からか》うと、ともよは口をちょっと尖《とが》らし、片方の肩をいっしょに釣り上げて
「困るわそんなこと、何とも返事できないわ」

という。さすがに、それにはごく軽い媚《こ》びが声に捩《よじ》れて消える。客は仄《ほの》かな明るいものを自分の気持ちのなかに点じられて笑う。ともよは、その程度の福ずしの看板娘であった。

客のなかの湊《みなと》というのは、五十過ぎぐらいの紳士で、濃い眉がしらから顔へかけて、憂愁《ゆうしゅう》の蔭《かげ》を帯びている。時によっては、もっと老けて見え、場合によっては情熱的な壮年者《そうねんしゃ》にも見えるときもあった。けれども鋭い理智から来る一種の諦念《ていねん》といったようなものが、人柄の上に冴《さ》えて、苦味のある顔を柔和《にゅうわ》に磨いていた。濃く縮れた髪の毛を、程よくもじょもじょに分け仏蘭西髭《フランスひげ》を生やしている。服装は赫《あか》い短靴を埃《ほこり》まみれにしてホームスパンを着ている時もあれば、少し古びた結城《ゆうき》で着流しのときもある。独身者であることはたしかだが職業は誰にも判らず、店ではいつか先生と呼び馴《な》れていた。鮨の食べ方は巧者《こうしゃ》であるが、強《し》いて通がるところもなかった。

サビタのステッキを床にとんとつき、椅子に腰かけてから体を斜めに鮨の握り台の方へ傾け、硝子《ガラス》箱の中に入っている材料を物憂《ものう》そうに点検する。

「ほう。今日はだいぶ品数があるな」

と云ってともよの運んで来た茶を受け取る。

「カンパチが脂がのっています、それに今日は蛤《はまぐり》も——」

ともよの父親の福ずしの亭主は、いつかこの客の潔癖《けっぺき》な性分であることを覚え、湊が来ると無意識に俎板《まないた》や塗盤《ぬりばん》の上へしきりに布巾《ふきん》をかけながら云う。

「じゃ、それを握って貰おう」

「はい」

亭主はしぜん、ほかの客とは違った返事をする。湊の鮨の喰べ方のコースは、いわれなくともともよの父親は判っている。鮪《まぐろ》の中とろから始まって、つめのつく煮ものの鮨になり、だんだんあっさりした青い鱗《うろこ》のさかなに進む。そして玉子と海苔巻に終わる。それで握り手は、その日の特別の注文は、適宜《てきぎ》にコースの中へ加えればいいのである。

湊は、茶を飲んだり、鮨を味わったりする間、片手を頬《ほお》に宛《あ》てがうか、そのまま首を下げてステッキの頭に置く両手の上へ顎《あご》を載せるかして、じっと眺める。眺めるのは開け放してある奥座敷を通して眼に入る裏の谷合いの木がくれの沢地《さわち》か、水を撒いてある表通りに、向こうの塀から垂れ下がっている椎《しい》の葉の茂みかどちらかである。

ともよは、初めは少し窮屈な客と思っていただけだったが、だんだんこの客の謎めいた眼の遣《や》り処《どころ》を見慣れると、お茶を運んで行ったときから鮨を喰い終わるまで、よそばかり眺めていて、一度もその眼を自分の方に振り向けないときは、物足りなく思うようになった。そうかといって、どうかして、まともにその眼を振り向けられ自分の眼と永く視線を合わせていると、自分を支えている力を暈《ぼか》されて危《あや》うい気がした。

偶然のように顔を見合わして、ただ一通りの好感を寄せる程度で、微笑してくれるときはともよは父母とは違って、自分をほぐしてくれるなにか暖かみのある刺戟のような感じをこの年とった客からうけた。だからともよは湊がいつまでもよそばかり見ているときは土間の隅の湯沸かしの前で、絽《ろ》ざしの手をとめて、たとえば、作り咳をするとか耳に立つものの音をたてるかして、自分ながらしらずしらず湊の注意を自分に振り向ける所作をした。すると湊は、ぴくりとして、ともよの方を見て、微笑する。上歯と下歯がきっちり合い、引き緊《し》まって見える口の線が、滑《なめ》らかになり、仏蘭西髭の片端が目についてあがる——父親は鮨を握りながらちょっと眼を挙げる。ともよのいたずら気とばかり思い、また不愛想《ぶあいそう》な顔をして仕事に向かう。

湊はこの店へ来る常連とは分け隔てなく話す。競馬の話、株の話、時局の話、碁、将棋の話、盆栽の話——大体こういう場所の客の間に交わされる話題に洩《も》れないものだが、湊は、八分は相手に話さして、二分だけ自分が口を開くのだけれども、その寡《か》黙《もく》は相手を見下げているのでもなく、つまらないのを我慢しているのでもない。その証拠には、盃《さかずき》の一つもさされると

「いやどうも、僕は身体を壊していて、酒はすっかりとめられているのですが、折角《せっかく》ですから、じゃ、まあ、頂きましょうかな」といって、細いがっしりとしている手を、何度も振って、さも敬意を表するように鮮やかに盃を受け取り、気持ちよく飲んでまた盃を返す。そして徳利《とっくり》を器用に持ち上げて酌《しゃく》をしてやる。その挙動の間に、いかにも人なつこく他人の好意に対しては、何倍にかして返さなくては気が済まない性分が現れているので、常連の間で、先生は好《い》い人だということになっていた。

ともよは、こういう湊を見るのは、あまり好かなかった。あの人にしては軽すぎるというような態度だと思った。相手客のほんの気まぐれに振り向けられた親しみに対して、ああまともに親身の情を返すのは、湊の持っているものが減ってしまうように

感じた。ふだん陰気なくせに、いったん向けられると、何という浅ましくがつがつ人情に餓えている様子を現す年とった男だろうと思う。ともよは湊が中指に嵌《は》めている古代埃及《エジプト》の甲虫《スカラップ》のついている銀の指環《ゆびわ》さえそういうときは嫌味に見えた。

湊の応対ぶりに有頂天になった相手客が、なお繰り返して湊に盃をさし、湊も釣り込まれて少し笑い声さえたてながらその盃の遣り取りを始め出したと見るときは、ともよはつかつかと寄って行って

「お酒、あんまり呑んじゃ体にいけないって云ってるくせに、もう、よしなさい」

と湊の手から盃をひったくる。そして湊の代わりに相手の客にその盃をつき返して黙って行ってしまう。それは必ずしも湊の体をおもう為でなく、妙な嫉妬《しっと》がともよにそうさせるのであった。

「なかなか世話女房だぞ、ともちゃんは」

相手の客がそういう位でその場はそれなりになる。湊も苦笑いしながら相手の客に一礼して自分の席に向き直り、重たい湯呑み茶碗に手をかける。

ともよは湊のことが、だんだん妙な気がかりになり、却《かえ》って、そしらぬ顔をして黙っていることもある。湊がはいって来ると、つんと済《す》まして立って行ってしまうこと

もある。湊もそういう素振《そぶ》りをされて、却って明るく薄笑いするときもあるが、全然、ともよの姿の見えぬときは物寂しそうに、いつもよりいっそう、表通りや裏の谷合いの景色を深々と眺める。

ある日、ともよは、籠《かご》をもって、表通りの虫屋へ河鹿《かじか》を買いに行った。ともよの父親は、こういう飼いものに凝る性分で、飼い方もうまかったが、ときどきは失敗して数を減らした。が今年ももはや初夏の季節で、河鹿など涼しそうに鳴かせる時分だ。ともよは、表通りの目的の店近く来ると、その店から湊が硝子鉢を下げて出て行く姿を見た。湊はともよに気がつかないで硝子鉢をいたわりながら、むこう向きにそろそろ歩いていた。

ともよは、店へ入って手ばやく店のものに自分の買うものを注文して、籠にそれを入れて貰う間、店先へ出て、湊の行く手に気をつけていた。

河鹿を籠に入れて貰うと、ともよはそれを持って、急いで湊に追いついた。

「先生ってば」

「ほう、ともちゃんか、珍しいな、表で逢うなんて」

二人は、歩きながら、互いの買いものを見せ合った。湊は西洋の観賞魚の髑髏魚《ゴールドフィッシュ》を買っていた。それは骨が寒天のような肉に透き通って、腸が鰓《えら》の下に小さくこみ上がっていた。

「先生のおうち、この近所」

「いまは、この先のアパートにいる。だが、いつ越すかわからないよ」

湊は珍しく表で逢ったからとも《ヽヽ》よ《ヽ》にお茶でも御馳走《ごちそう》しようといって町筋をすこし物色したが、この辺には思わしい店もなかった。

「まさか、こんなものを下げて銀座へも出かけられんし」

「ううん、銀座なんかへ行かなくっても、どこかその辺の空地で休んで行きましょうよ」

湊は今更《いまさら》のように漲《みなぎ》り亘《わた》る新樹《しんじゅ》の季節を見廻し、ふうっと息を空に吹いて

「それも、いいな」

表通りを曲がると間もなく崖端に病院の焼跡の空地があって、煉瓦塀《れんがべい》の一側がローマの古跡のように見える。ともよと湊は持ちものを叢《くさむら》の上に置き、足を投げ出した。

ともよは、湊になにかいろいろ訊《き》いてみたい気持ちがあったのだが、いまこうして

傍に並んでみると、そんな必要もなく、ただ、霧《きり》のような匂いにつつまれて、しんしんとするだけである。湊の方が却って弾《はず》んでいて
「今日は、ともちゃんが、すっかり大人に見えるね」

などと機嫌好《よ》さそうに云う。

ともよは何を云おうかと暫《しばら》く考えていたが、大したおもいつきでもないようなことを、とうとう云い出した。

「あなた、お鮨、本当にお好きなの」

「さあ」

「じゃ何故《なぜ》来て食べるの」

「好きでないことはないさ、けど、さほど喰べたくない時でも、鮨を喰べるということが僕の慰みになるんだよ」

「なぜ」

何故、湊が、さほど鮨を喰べたくない時でも鮨を喰べるというその事だけが湊の慰めとなるかを話し出した。

――旧《ふる》くなって潰れるような家には妙な子供が生まれるというものか、大きな家潰

れるときというものは、大人より子供にその脅《おび》えが予感されるというものか、それが激しく来ると、子は母の胎内にいるときから、そんな脅えに命を蝕《むしば》まれているのかもしれないね――というような言葉を冒頭に湊は語り出した。

その子供は小さいときから甘いものを好まなかった。おやつにはせいぜい塩煎餅《せんべい》ぐらいを望んだ。食べるときは、上歯と下歯を丁寧に揃え円《まる》い形の煎餅の端を規則正しく噛み取った。ひどく湿っていない煎餅なら大概好い音がした。子供は噛み取った煎餅の破片をじゅうぶんに咀嚼《そしゃく》して咽喉《のど》へきれいに嚥《の》み下してから次の端を噛み取ることにかかる。上歯と下歯をまた丁寧に揃え、その間へまた煎餅の次の端を挟《はさ》み入れる――いざ、噛み破るときに子供は眼を薄く瞑《つぶ》り耳を澄ます。

ぺちん

同じ、ぺちんという音にも、いろいろの性質《たち》があった。子供は聞き慣れてその音の種類を聞き分けた。

ある一定の調子の響きを聞き当てたとき、子供はぷるぷると胴慄《どうぶる》いした。子供は煎餅を持った手を控えて、しばらく考え込む。うっすら眼に涙を溜めている。

家族は両親と、兄と姉と召使いだけだった。家中で、おかしな子供と云われていた。

その子供の喰べものは外《ほか》にまだ偏《かたよ》っていた。さかなが嫌いだった。あまり数の野菜は好かなかった。肉類は絶対に近づけなかった。

神経質のくせに表面は大ように見せている父親はときどき

「ぼうずはどうして生きているのかい」

と子供の食事を覗きに来た。一つは時勢のためでもあるが、父親は臆病なくせに大ように見せたがる性分から、家の没落をじりじり眺めながら「なに、まだ、まだ」とまけおしみを云って潰して行った。子供の小さい膳《ぜん》の上には、いつものように炒り玉子と浅草海苔が、載っていた。母親は父親が覗くとその膳を袖で隠すようにして

「あんまり、はたから騒ぎ立てないで下さい、これさえ気まり悪がって喰べなくなりますから」

その子供には、実際、食事が苦痛だった。体内へ、色、香、味のある塊団《かたまり》を入れると、何か身が穢《けが》れるような気がした。空気のような喰べものはないかと思う。腹が減ると餓えは充分感じるのだが、うっかり喰べる気はしなかった。床の間の冷たく透き通った水晶の置きものに、舌を当てたり、頬をつけたりした。餓えぬいて、頭の中が澄み切ったまま、だんだん、気が遠くなって行く。それが谷地の池水を距《へだ》てて丘の後

へ入りかける夕陽を眺めているときでもあると（湊の生まれた家もこの辺の地勢に似た都会の一隅《いちぐう》にあった）子どもはこのままのめり倒れて死んでも関《かま》わないとさえ思う。だが、この場合は窪《くぼ》んだ腹に緊《きつ》く締めつけてある帯の間に両手を無理にさし込み、体は前のめりのまま首だけ仰《あお》のいて

「お母さあん」

と呼ぶ。子供の呼んだのは現在の生みの母のことではなかった。子供は現在の生みの母は家族じゅうで一番好きである。けれども子供にはまだ他に自分に「お母さん」と呼ばれる女性があって、どこかにいそうな気がした。自分がいま呼んで、もし「はい」といってその女性が眼の前に出て来たなら自分はびっくりして気絶してしまうに違いないとは思う。しかし呼ぶことだけは悲しい楽しさだった。

「お母さあん、お母さあん」

薄紙が風に慄えるような声が続いた。

「はあい」

と返事をして現在の生みの母親が出て来た。

「おや、この子は、こんな処で、どうしたのよ」

肩を揺すって顔を覗き込む。子供は感違《かんちが》いした母親に対して何だか恥ずかしく赫く
なった。
「だから、三度三度ちゃんとご飯喰べておくれと云うに、さ、ほんとに後生《ごしょう》だから」
母親はおろおろの声である。こういう心配の揚句《あげく》、玉子と浅草海苔が、この子の一
ばん性《しょう》に合う喰べものだということが見出されたのだった。これなら子供には腹に重
苦しいだけで、穢されざるものに感じた。
子供はまた、ときどき、切ない感情が、体のどこからか判らないで体いっぱいに詰
まるのを感じる。そのときは、酸味のある柔らかいものなら何でも噛んだ。生梅や橘《たちばな》
の実を捥《も》いで来て噛んだ。さみだれの季節になると子供は都会の中の丘と谷合いにそ
れ等《ら》の実の在所をそれらを啄《ついば》みに来る烏《からす》のようによく知っていた。
子供は、小学校はよく出来た。一度読んだり聞いたりしたものは、すぐ判って乾板《かんばん》
のように脳の襞《ひだ》に焼きつけた。子供には学課の容易さがつまらなかった。つまらない
という冷淡さが、却って学課の出来をよくした。
家の中でも学校でも、みんなはこの子供を別もの扱いにした。
父親と母親とが一室で言い争っていた末、母親は子供のところへ来て、しみじみと

した調子でいった。

「ねえ、おまえがあんまり痩《や》せて行くもんだから学校の先生と学務委員たちの間で、あれは家庭で衛生の注意が足りないからだという話が持ち上がったのだよ。それを聞いて来てお父つぁんは、ああいう性分だもんだから、私に意地くね悪く当たりなさるんだよ」

そこで母親は、畳の上へ手をついて、子供に向かってこっくりと、頭を下げた。

「どうか頼むから、もっと、喰べるものを喰べて、肥《ふと》っておくれ、そうしてくれないと、あたしは、朝晩、いたたまれない気がするから」

子供は自分の奇形な性質から、いずれは犯すであろうと予感した罪悪を、犯したような気がした。わるい。母に手をつかせ、お叩頭《じぎ》をさせてしまったのだ。顔がかっとなって体に慄えが来た。だが不思議にも心は却って安らかだった。すでに、自分は、こんな不孝をして悪人となってしまった。こんな奴なら自分は滅びてしまっても自分で惜しいとも思うまい。よし、何でも喰べてみよう、喰べ馴れないものを喰べて体が慄え、吐いたりもどしたり、その上、体じゅうが濁り腐って死んじまっても好いとしよう。生きていてしじゅう喰べものの好き嫌いをし、人をも自分をも悩ませるよりその方がましではあるまいか――

子供は、平気を装って家のものと同じ食事をした。すぐ吐いた。口中や咽喉を極力無感覚に制御したつもりだが嚥み下した喰べものが、母親以外の女の手が触れたものと思う途端に、胃袋が不意に逆に絞り上げられた――女中の裾から出る剥《は》げた赤いゆもじや飯炊き婆さんの横顔になぞ、、、ってある黒鬢《びん》つけの印象が胸の中を暴力のように掻《か》き廻した。

兄と姉はいやな顔をした。父親は、子供を横眼でちらりと見たまま、知らん顔して晩酌《ばんしゃく》の盃を傾けていた。母親は子供の吐きものを始末しながら、恨《うら》めしそうに父親の顔を見て

「それご覧なさい。あたしのせいばかりではないでしょう。この子はこういう性分です」

と嘆息《たんそく》した。しかし、父親に対して母親はなお、おずおずはしていた。

その翌日であった。母親は青葉の映りの濃く射す縁側へ新しい茣蓙《ござ》を敷き、俎板だの庖丁《ほうちょう》だの水桶だの蠅帳《はいちょう》だの持ち出した。それもみな買い立ての真新しいものだった。

母親は自分と俎板を距てた向こう側に子供を坐らせた。子供の前には膳の上に一つの皿を置いた。

母親は、腕捲《まく》りして、薔薇《ばら》いろの掌《てのひら》を差し出して手品師のように、手の裏表を返して子供に見せた。それからその手を言葉と共に調子づけて擦《こす》りながら云った。

「よくご覧、使う道具は、みんな新しいものだよ。それから拵える人は、おまえさんの母さんだよ。手はこんなにもよくきれいに洗ってあるよ。判ったかい。判ったら、さ、そこで――」

母親は、鉢の中で炊きさました飯に酢を混ぜた。母親も子供もこんこん噎《む》せた。それから母親はその鉢を傍に寄せて、中からいくらかの飯の分量を掴《つか》み出して、両手で小さく長方形に握った。

蠅帳の中には、すでに鮨の具《ぐ》が調理されてあった。母親は素早くその中からひ、と、い、きれを取り出してそれからちょっと押さえて、長方形に握った飯の上へ載せた。子供の前の膳の上の皿へ置いた。玉子焼き鮨だった。

「ほら、鮨だよ、おすしだよ。手々で、じかに掴んで喰べても好いのだよ」

子供は、その通りにした。はだかの肌をするする撫でられるようなころ合いの酸味

に、飯と、玉子のあまみがほろほろに交ったあじわいが丁度《ちょうど》舌いっぱいに乗った具合
——それをひとつ喰べてしまうと体を母に抛《よ》りつけたいほど、おいしさと、親しさが、
ぬくめた香湯のように子供の身うちに湧いた。
子供はおいしいと云うのが、きまり悪いので、ただ、にいっと笑って、母の顔を見
上げた。
「そら、もひとつ、いいかね」
母親は、また手品師のように、手をうら返しにして見せた後、飯を握り、蠅帳から
具の一片《ひとき》れを取りだして押しつけ、子供の皿に置いた。
子供は今度は握った飯の上に乗った白く長方形の切片を気味悪く覗いた。すると母
親は怖くない程度の威丈高《いたけだか》になって
「何でもありません、白い玉子焼きだと思って喰べればいいんです」
といった。
かくて、子供は、烏賊《いか》というものを生まれて始めて喰べた。象牙《ぞうげ》のような滑らかさ
があって、生餅より、よっぽど歯切れがよかった。子供は烏賊鮨を喰べていたその冒
険のさなか、詰めていた息のようなものを、はっ、として顔の力《りき》みを解いた。うまか

ったことは、笑い顔でしか現さなかった。

母親は、こんどは、飯の上に、白い透きとおる切片をつけて出した。子供は、それを取って口へ持って行くときに、脅《おびや》かされるにおいに掠《かす》められたが、鼻を詰まらせて、思い切って口の中へ入れた。

白く透き通る切片は、咀嚼のために、上品なうま味に衝《つ》きくずされ、程よい滋味の圧感に混ざって、子供の細い咽喉へ通って行った。

「今のは、たしかに、ほんとうの魚に違いない。自分は、魚が喰べられたのだ――」

そう気づくと、子供は、はじめて、生きているものを噛み殺したような征服と新鮮を感じ、あたりを広く見廻したい歓びを感じた。むずむずする両方の脇腹を、同じような歓びで、じっとしていられない手の指で掴み掻いた。

「ひ ひ ひ ひ ひ」

無暗《むやみ》に疳高《かんだか》に子供は笑った。母親は、勝利は自分のものだと見てとると、指についた飯粒を、ひとつひとつ払い落としたりしてから、わざと落ちついて蠅帳のなかを子供に見せぬよう覗いて云った。

「さあ、こんどは、何にしようかね……はてね……まだあるかしらん……」

子供は焦立《いらだ》って絶叫する。

「すし！　すし」

母親は、嬉しいのをぐっと堪《こら》える少し呆《ほう》けたような――それは子供が、母としては一ばん好きな表情で、生涯忘れ得ない美しい顔をして

「では、お客さまのお好みによりまして、次を差し上げまあす」

最初のときのように、薔薇いろの手を子供の眼の前に近づけ、母はまたも手品師のように裏と表を返して見せてから鮨を握り出した。同じような白い身の魚の鮨が握り出された。

母親はまず最初の試みに注意深く色と生臭《なまぐさ》のない魚肉を選んだらしい。それは鯛《たい》と比良目《ひらめ》であった。

子供は続けて喰べた。母親が握って皿の上に置くのと、子供が掴み取る手と、競争するようになった。その熱中が、母と子を何も考えず、意識しない一つの気持ちの痺《しび》れた世界に牽《ひ》き入れた。五つ六つの鮨が握られて、掴み取られて、喰べられる――その運びに面白く調子がついて来た。素人の母親の握る鮨は、いちいち大きさが違っていて、形も不細工だった。鮨は、皿の上に、ころりと倒れて、載せた具を傍へ落とす

ものもあった。子供は、そういうものへ却って愛感を覚え、自分で形を調《ととの》えて喰べると余計おいしい気がした。子供は、ふと、日頃、内しょで呼んでいるも一人の幻想のなかの母といま目の前に鮨を握っている母とが眼の感覚だけか頭の中でか、一致しかけ一重の姿に紛れている気がした。もっと、ぴったり、一致して欲しいが、あまり一致したら恐ろしい気もする。

自分が、いつも、誰にも内しょで呼ぶ母はやはり、この母親であったのかしら、それがこんなにも自分においしいものを食べさせてくれるこの母であったのなら、内密に心を外の母に移していたのが悪かった気がした。

「さあ、さあ、今日は、この位にして置きましょう。よく喰べておくれだったね」

目の前の母親は、飯粒のついた薔薇いろの手をぱんぱんと子供の前で気もちよさそうにはたいた。

それから後も五、六度、母親の手製の鮨に子供は慣らされて行った。

ざくろの花のような色の赤貝の身だの、二本の銀色の地色に竪縞《たてじま》のあるさよりだのに、子供は馴染《なじ》むようになった。子供はそれから、だんだん平常の飯の菜にも魚が喰べられるようになった。身体も見違えるほど健康になった。中学へはいる頃は、人が振り返るほど美しく逞《たくま》しい少年になった。

すると不思議にも、今まで冷淡だった父親が、急に少年に興味を持ち出した。晩酌《ばんしゃく》の膳の前に子供を坐らせて酒の対手《あいて》をさしてみたり、玉突きに連れて行ったり、茶屋酒も飲ませた。

その間に家はだんだん潰れて行く。父親は美しい息子が紺飛白《こんすがり》の着物を着て盃を銜《ふく》むのを見て陶然《とうぜん》とする。他所《よそ》の女にちやほやされるのを見て手柄を感ずる。息子は十六、七になったときには、結局いい道楽者になっていた。

母親は、育てるのに手数をかけた息子だけに、狂気のようになってその子を父親が台なしにしてしまったと怒る。その必死な母親の怒りに対して父親は張り合いもなくうす苦く黙笑《もくしょう》してばかりいる。家が傾く鬱積《うっせき》を、こういう夫婦争いで両親は晴らしているのだ、と息子はつくづく味気なく感じた。

息子には学校へ行っても、学課が見通せて判り切ってるように思えた。中学でも彼は勉強もしないでよく出来た。高等学校から大学へ苦もなく進めた。それでいて、何かしら体のうちに切ないものがあって、それを晴らす方法は急いで求めてもなかなか見付からないように感ぜられた。永い憂鬱《ゆううつ》と退屈あそびのなかから大学も出、職も得た。

家は全く潰れ、父母や兄姉も前後して死んだ。息子自身は頭が好くて、何処へ行っても相当に用いられたが、何故か、一家の職にも、栄達《えいたつ》にも気が進まなかった。二度目の妻が死んで、五十近くなった時、ちょっとした投機《とうき》でかなり儲け、一生独りの生活には事かかない見極めのついたのを機に職業も捨てた。それから後は、ここのアパート、あちらの貸家と、彼の一所不定の生活が始まった。

今のはなしのうちの子供、それから大きくなって息子と呼んではなしたのは私のことだと湊は長い談話のあとで、ともよに云った。

「ああ判った。それで先生は鮨がお好きなのね」

「いや、大人になってからは、そんなに好きでもなくなったのだが、近頃、年をとったせいか、しきりに母親のことを想い出すのでね。鮨までなつかしくなるんだよ」

二人の坐っている病院の焼跡のひとところに支えの朽《く》ちた藤棚《ふじだな》があって、おどろのように藤蔓《ふじづる》が宙から地上に這《は》い下り、それでも蔓の尖《さき》の方には若葉をいっぱいつけ、その間から痩せたうす紫の花房《はなぶさ》が雫《しずく》のように咲き垂れている。庭石の根締《ねじ》めになっていたやしおの躑躅《つつじ》が石を運び去られたあとの穴の側に半面、黝《あおぐろ》く枯れて火のあおりのあとを残しながら、半面に白い花をつけている。

庭の端の崖下は電車線路になっていて、ときどき轟々《ごうごう》と電車の行き過ぎる音だけが聞こえる。

龍《りゅう》の髭のなかのいちはつの花の紫が、夕風に揺れ、二人のいる近くに一本立っている太い棕梠《しゅろ》の木の影が、草叢《くさむら》の上にだんだん斜めにかかって来た。ともよが買って来てそこへ置いた籠の河鹿が二声、三声、啼《な》き初めた。

二人は笑いを含んだ顔を見合わせた。

「さあ、だいぶ遅くなった。ともちゃん、帰らなくては悪かろう」

ともよは河鹿の籠を捧《ささ》げて立ち上がった。すると、湊は自分の買った骨の透き通って見える髑髏魚をも、そのままともよに与えて立ち去った。

湊はその後、すこしも福ずしに姿を見せなくなった。

「先生は、近頃、さっぱり姿を見せないね」

常連の間に不審がるものもあったが、やがてすっかり忘れられてしまった。

ともよは湊と別れるとき、湊がどこのアパートにいるか聞きもらしたのが残念だった。それで、こちらから訪ねても行けず病院の焼跡へ暫く佇《たたず》んだり、あたりを見廻しながら石に腰かけて湊のことを考え時々は眼にうすく涙さえためてまた茫然として店へ帰って来るのであったが、やがてともよのそうした行為も止んでしまった。

この頃では、ともよは湊を思い出す度《たび》に

「先生は、何処かへ越して、また何処かの鮨屋へ行ってらっしゃるのだろう——鮨屋は何処にでもあるんだもの——」

と漠然と考えるに過ぎなくなった。

# 愛撫

梶井基次郎

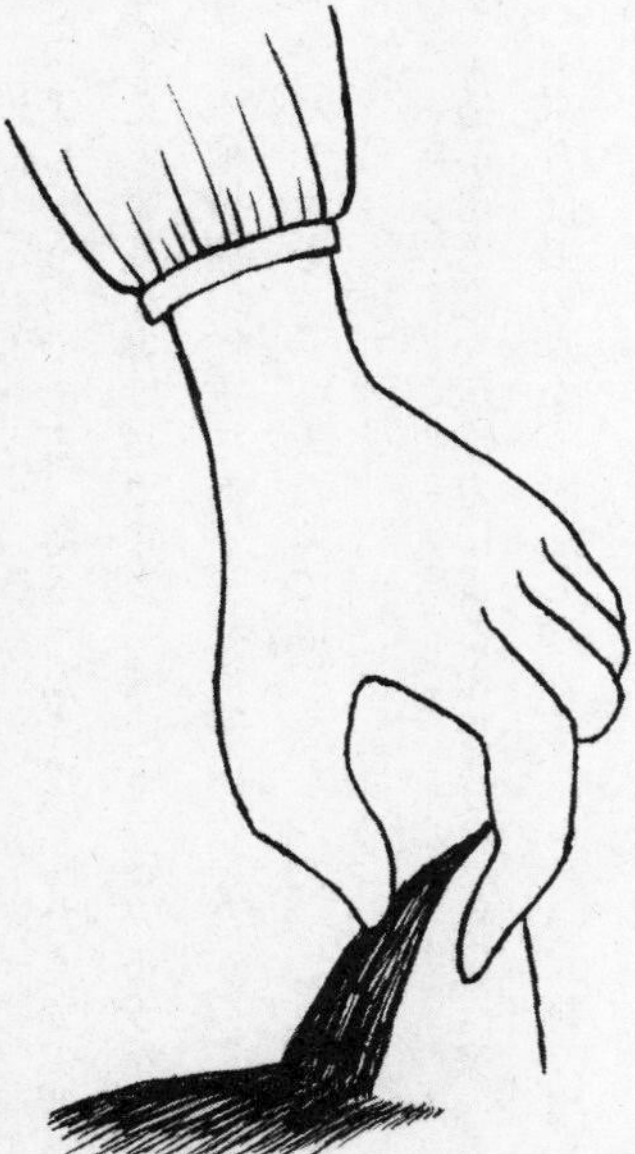

猫の耳というものはまことに可笑《おか》しなものである。薄べったくて、冷たくて、竹の子の皮のように、表には絨毛《じゅうもう》が生えていて、裏はピカピカしている。硬いような、柔らかいような、なんともいえない一種特別の物質である。私は子供のときから、猫の耳というと、一度「切符切り」でパチンとやってみたくて堪《たま》らなかった。これは残酷な空想だろうか？

否《いな》。全く猫の耳の持っている一種不可思議な示唆力《しさりょく》によるのである。私は、家へ来たある謹厳《きんげん》な客が、膝《ひざ》へあがって来た仔猫の耳を、話をしながら、しきりに抓《つね》っていた光景を忘れることが出来ない。

このような疑惑は思いの外《ほか》に執念深いものである。「切符切り」でパチンとやるというような、児戯《じぎ》に類した空想も、思い切って行為に移さない限り、われわれのアンニュイのなかに、外観上の年齢を遥かにながく生き延びる。とっくに分別の出来た大人が、今もなお熱心に――厚紙でサンドウィッチのように挾《はさ》んだうえからひと思いに切ってみたら？　――こんなことを考えているのである！　ところが、最近、ふとしたことから、この空想の致命的な誤算が曝露《ばくろ》してしまった。

元来、猫は兎《うさぎ》のように耳で吊り下げられても、そう痛がらない。引っ張るということに対しては、猫の耳は奇妙な構造を持っている。というのは、一度引っ張られて破れたような痕跡《こんせき》が、どの猫の耳にもあるのである。その破れた箇所には、また巧妙な補片《つぎ》が当たっていて、全くそれは、創造説を信じる人にとっても進化論を信じる人にとっても不可思議な、滑稽《こっけい》な耳たるを失わない。そしてその補片が、耳を引っ張られるときの緩《ゆる》めになるにちがいないのである。そんな訳で、耳を引っ張られることに関しては、猫は至って平気だ。それでは、圧迫に対してはどうかというと、これも指でつまむ位では、いくら強くしても痛がらない。さきほどの客のように抓って見たところで、ごく稀《まれ》にしか悲鳴を発しないのである。こんなところから、猫の耳は不死身のような疑いを受け、ひいては「切符切り」の危険にも曝《さら》されるのであるが、ある日、私は猫と遊んでいる最中に、とうとうその耳を噛んでしまったのである。これが私の発見だったのである。噛まれるや否や、その下《くだ》らない奴は、直ちに悲鳴をあげた。私の古い空想はその場で壊れてしまった。猫は耳を噛まれるのが一番痛いのである。悲鳴は最も微《かす》かなところからはじまる。だんだん強くするほど、だんだん強く鳴く。

Crescendo《クレッシェンド》のうまく出る――なんだか木管楽器のような気がする。

私のながらくの空想は、かくの如《ごと》くにして消えてしまった。しかしこういうことにはきりがないと見える。この頃、私はまた別なことを空想しはじめている。

それは、猫の爪をみんな切ってしまうのである。猫はどうなるだろう？　恐らく彼は死んでしまうのではなかろうか？

いつものように、彼は木登りをしようとする。――出来ない。人の裾を目がけて跳びかかる。――異《ちが》う。爪を研《と》ごうとする。――なんにもない。おそらく彼はこんなことを何度もやって見るにちがいない。その度《たび》にだんだん今の自分が昔の自分と異うことに気がついてゆく。彼はだんだん自信を失ってゆく。もはや自分がある「高さ」にいるということにさえブルブル慄《ふる》えずにはいられない。「落下」から常に自分を守ってくれていた爪が最早《もはや》ないからである。彼はよたよたと歩く別の動物になってしまう。遂にそれさえしなくなる。絶望！　そして絶え間のない恐怖の夢を見ながら、物を食べる元気さえ失せて、遂には――死んでしまう。

爪のない猫！　こんな、頼りない、哀れな心持ちのものがあろうか！　空想を失ってしまった詩人、早発性痴呆《そうはっせいちほう》に陥《おちい》った天才にも似ている！

この空想はいつも私を悲しくする。その全《まった》き悲しみのために、この結末の妥当であるかどうかということさえ、私にとっては問題ではなくなってしまう。しかし、果たして、爪を抜かれた猫はどうなるのだろう。眼を抜かれても、髭《ひげ》を抜かれても猫は生きているにちがいない。しかし、柔らかい蹠《あしのうら》の、鞘《さや》のなかに隠された、鉤《かぎ》のように曲がった、匕首《あいくち》のように鋭い爪！　これがこの動物の活力であり、智慧《ちえ》であり、精霊であり、一切であることを私は信じて疑わないのである。

ある日私は奇妙な夢を見た。

X——という女の人の私室である。この女の人は平常可愛い猫を飼っていて、私が行くと、抱いていた胸から、いつもそいつを放《はな》して寄来《よこ》すのであるが、いつも私はそれに辟易《へきえき》するのである。抱きあげて見ると、その仔猫には、いつも微かな香料の匂いがしている。

夢のなかの彼女は、鏡の前で化粧していた。私は新聞かなにかを見ながら、ちらちらその方を眺めていたのであるが、アッと驚きの小さな声をあげた。彼女は、なんと！　猫の手で顔へ白粉《おしろい》を塗っているのである。私はゾッとした。しかし、なおよく見ていると、それは一種の化粧道具で、ただそれを猫と同じように使っているんだということがわかった。しかしあまりそれが不思議なので、私はうしろから尋ねずにはいられなかった。

「それなんです？　顔をコスっているもの？」

「これ？」

夫人は微笑とともに振り向いた。そしてそれを私の方へ抛《ほう》って寄来した。取りあげて見ると、やはり猫の手なのである。

「一体、これ、どうしたの？」

訊《き》きながら私は、今日はいつもの仔猫がいないことや、その前足がどうやらその猫のものらしいことを、閃光《せんこう》のように了解した。

「わかっているじゃないの。これはミュルの前足よ」

彼女の答えは平然としていた。そして、この頃外国でこんなのが流行《はや》るというので、ミュルで作って見たのだというのである。あなたが作ったのかと、内心私は彼女の残酷さに舌を巻きながら尋ねて見ると、それは大学の医科の小使《こづか》いが作ってくれたというのである。私は医科の小使いというものが、解剖のあとの死体の首を土に埋めて置いて髑髏《どくろ》を作り、学生と秘密の取引をするということを聞いていたので、非常に嫌なの、気になった。何もそんな奴に頼まなくたっていいじゃないか。そして女というものの、そんなことにかけての、無神経さや残酷さを、今更《いまさら》のように憎み出した。しかしそれが外国で流行っているということについては、自分もなにかそんなことを、婦人雑誌か新聞かで読んでいたような気がした。——

猫の手の化粧道具！　私は猫の前足を引っ張って来て、いつも独り笑いをしながら、その毛並みを撫でてやる。彼が顔を洗う前足の横側には、毛脚《けあし》の短い絨氈《じゅうたん》のような毛が密生していて、なるほど人間の化粧道具にもなりそうなのである。しかし私にはそれが何の役に立とう？　私はゴロッと仰向《あおむ》きに寝転んで、猫を顔の上へあげて来る。二本の前足を掴《つか》んで来て、柔らかいその蹠を、一つずつ私の眼蓋《まぶた》にあてがう。快《こころよ》い猫の重量。温かいその蹠。私の疲れた眼球には、しみじみとした、この世のものでない休息が伝わって来る。

仔猫よ！　後生《ごしょう》だから、しばらく踏み外さないでいろよ。お前はすぐ爪を立てるのだから。

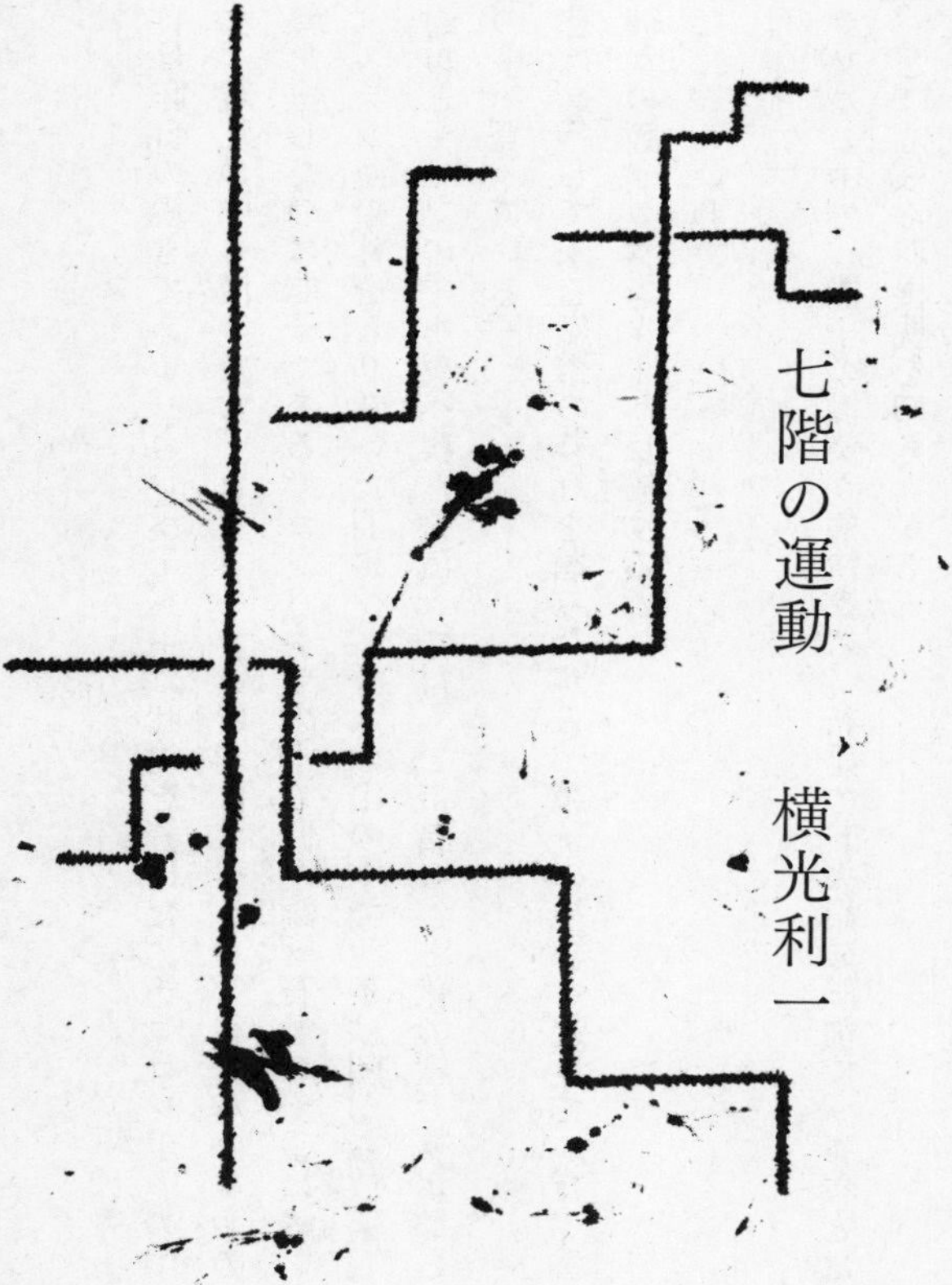

# 七階の運動

横光利一

今日は昨日の続きである。エレベーターは吐瀉《としゃ》を続けた。チョコレートの中へ飛び込む女。靴下の中へ潜《もぐ》った女。ロープモンタントにオペラパック。パラソルの垣の中から顔を出したのは能子である。コンパクトの中の懐中鏡《かいちゅうかがみ》。石鹸の土手に続いた帽子の柱。ステッキの林をとり巻いた羽根枕、香水の山の中で競子は朝から放蕩《ほうとう》した。人波は財布とナイフの中を奥へ奥へと流れて行く。缶詰の谷と靴の崖。リボンとレースが花の中へ登っている。

久慈は進行して来る紙幣の群れを掴《つか》みながら、競子の視線を避けていた。香水の中から彼女の瞳がカウンターへ反撥《はんぱつ》する。

「あなた、いいわ」

「今は午前だ」

パラソルの中で、能子の微笑が痛快がる。新婚の若夫婦の眼前で、青春とはかくの如《ごと》し、とぽんぽん羽根枕を叩きながら、

「ええ、ええ、これならお丈夫でございますわ」

無論、能子には覚えはない。昨夜は競子と久慈を張り合って帰って来た。邪魔をするのが目的だ。久慈を愛しているが故《ゆえ》ではない。誇らかな競子の半世紀遅れた肉感を、斬新な諧謔《かいぎゃく》で圧倒してやるためである。彼女は羽根枕の売上げを久慈の傍まで持って行った。

「はい」

「やア」

「少しはこちらも見てちょうだい」

「今暫《しばら》く」

競子は足先で床を叩いた。香水が三本売れれば三べん久慈のネクタイへ息を吐きかけることが出来るのだ。だが、このぼんやりしたシクラメン、オーデコロンは憎々しげに光っている。能子はわざわざ競子の肉感を験《しら》べるために前を廻って帰って来た。

「急がしそうね」

「ええ、御覧の通り」

紙幣行進曲に合わせてデパートメントは正午へと沸騰《ふっとう》する。エレベーターのボーイは七層の空間を上ったり下ったりしながら、その日の時間を消していった。

久慈がカウンターへひっ付いているのは生活のためではない。このデパートメントの持ち主の道楽息子は永遠の女性を創るがためだ。生活は彼にとっては嘘のように方便《ほう べん》だ。彼は七層のショップガールを次から次へと舐《な》めてみるシャベル。永遠の女性は彼においては寄り集めて創られる。競子は胴で能子は頭。肩や手足は七階の毛布や机の中で動いている。容子。鳥子。丹子。桃子。鬱子。彼の小使《こづか》いは一ケ月に二万円だ。百貨店の七階から街路へ向かって振り撒いても、電車や自動車の速力は鈍るだろう。

久慈は二階へ昇って行った。鬱子は半襟の中で胃袋のように動いている。彼女は久慈にとっては永遠の女性の右脚だ。その癖《くせ》彼を片肩に担《かつ》いだまま、片足に重役を履いて馳《か》け廻るのも美事《みごと》である。

「あら、久慈さん、お暑いのね」

「下はここよりなお暑い」

「ここも暑いわ」

「もうちょっと、笑ってくれ」

「だって、まだ氷も飲めないの」

久慈は十円札を握らせて三階へと登って行く。封筒の中に、レッテルのように埋まっているのは軽い桃子。

「もう少し、暴れなければ」

「だって、暑いわ」

「だって、ハンカチ位はあるだろう」

十円札をハンカチに包んで投げ出すと、久慈は四階へと昇って行った。婚礼調度品《こんれいちょうどひん》の大鯛《おおだい》小鯛《こだい》に挟《はさ》まって、丹子は汗をかいたまま夕暮れの来るのを待っている。

「まア、素通りするなんて」

「今日は人がいないじゃないか」

「だから、寄ったっていいじゃないの」

「人がいなければ、人眼につく」

「五階へお急ぎになるのには、悪いわね」

「四階で疲れてしまっては、意気地がない」

丹子は女中のようにお饒舌《じょうぜつ》だ。ここで掴まると、五階の会話が短くなる。振り切り賃を鯛の腹の下へ押し込んで、五階へと急いで行く。鳥子は金属の中に、刺さった花のように浮いていた。近よる久慈の方へ指を上げながら、

「きょうは冗談をおっしゃらないで」

「僕は休憩時間だよ」

「だって、あたしはこれからなの」

「五階まで昇って蹴られては、降りられない」

「まア、もう少しあちらへ行って」

「これほど放《はな》れておれば、汗もかくまい」

「あそこで人が、見てるじゃないの」

「じゃ、これはいくらでございます？」

「はい、それは三十五銭でございますの」

久慈は爪切りを一丁買うと十円紙幣を支払った。

「お釣《つり》はお宅へ」

六階へ昇ると、笑った容子が鏡の中に五人もいる。

「どちらが君だ」

「あら、今日の巡礼はお早いのね」

「だから、練習と云《い》うものは、しておくものさ」

「道理で能子さんが、おしゃべりになったのね」

「そりゃ、君だ」

「あたしがしゃべりになったって？」

「誰だかそんなことを云ってたよ」

「そりゃ、あたしが、六階あたりにいるからよ」

「人里はなれて暮らしていると、下界のことが気になるな」

「こんな所で、お婆さんにはなりたくないわ」

「いや、物事は、高い所から見降ろすものさ」

「でも、高い所へはなかなか男の方は来ませんわ」

「なるほど、君は、今日は満点だ」

二枚の十円札が、いきなり容子の帯の間へ突き刺さる。

「まア、もう逃げ支度をなさるのね」

「時間だ」

「そりゃ、下でお涼みになる方が、湿気があって」

急転直下、久慈は運動が終わると七階からエレベーターで馳け下りる。彼は能子の傍へ近づいた。彼には能子は苦手である。この「永遠の女性」の頭だけは彼の十円紙幣で効いたためしは一度もない。それ故彼の心理学はいつもここまで来ると狂うのだ。彼は賭博《とばく》に負けたマニヤのように、十円札を彼女の前へ重ねて行く。だが、能子の云うのはこうである。

「あなた。なぜあなたはあたしにこんなにお金を下さるの？」

「君が、受けとりそうにもないからさ」

「じゃ、あたし、貰っておくわ。だけど、あなたは、馬鹿だわね」

「いや、僕より、君の方が賢いのだ」

彼女は彼の誘惑に従ってどこへでもついて行く。だが、彼女は彼の誘惑にかかったことは一度もない。

「あなた、なぜあなたは、あたしの心がお分かりになれないの」

「分かってしまえば、それまでだ。なるだけ、君だけは、百貨店の法則から逆に進行していてくれたまえ」

「そうすると、あたしにこんなにお金が出て来るの？」

「いや、それは君が金を馬鹿にしている賃金さ」

「だって、あたしは、あなたがあたしにお金を下さることを馬鹿にしているのよ」

「それは勝手だ。だが、金を君にやるからと云って、僕を馬鹿扱いにするのは御免蒙《ごめんこうむ》る」

「だけどそんなことをなすっていると、今にあなたがお金のように見えてしまうわ」

「つまり、人間に見えないと云うんだな」

「ええ、そう。あなたはお金よ。たったそれだけ」

「今度は化物《ばけもの》扱いにし出したな」

「だって、あなたは、それが本望《ほんもう》なんですもの。あなたは人間の感能《かんのう》がお金でどこまで発達しているか、験べる機械のようなものなのよ。ね、あたしはあなたに、どんな参考になっているの？」

「君は、今の百貨店の売上高では、分からない」

「じゃ、あたし、あなたにもっと勉強するようにさせて上げるわ。そしてそのときになったら、あたしあなたからお金をとって、それをみんな、あたしと一緒に働いている人達に振り撒くの。そうすると、品物の能率が上がるでしょう。そしたら、あなたがもっとお金をおとりになるでしょう。そしたら、またあたしが沢山《たくさん》とって、それを人々に振り撒いて、ね、あなたはその間にいろいろな女の方に飽くことを練習するの。今はまアあなたの過度期だから、あたしは黙って見ているわ。まア、あたしは、ここ暫くはあなたの柔《やわ》い監督ね」

「うっかりすると、君は社会主義者になりそうだよ」

「ええ、そう、あたしは、あなたん所の労働者よ。万国の労働者よ団結せよって云いたい方なの。だって、あたしは、朝の八時から立ち詰めよ。あなたのように運動がてらに七階まで上って行って、一枚ずつお幣《さつ》をくばって降りて来て、それから競子さんを自動車に乗せて飛び廻ることなんか、新しい仕事だなんて思えないわ」

「じゃ、新しい仕事なんて、どこにある？」

「あるわ。ここに。あなた、一枚お幣を出してごらんなさいな」

「よし、その手は分かった」

「あなたのお豪《えら》い所は、そこなのね」

「なに、もう一度云ってみてくれ」

「そら、そこ。あなたはあたしと、本当に馬が合っているんだわ。あたしはあなたを、馬鹿にときどきするんだけど、こうしていられるのもあなたの人柄がさせるのよ。まアあなたは七階まで運動なさるだけあって、爽やかで、闊達《かったつ》で、理解があって、善良で、朗らかに光っている癖に傲慢《ごうまん》な所がちっともなくて」

「また、一枚とられるな」

「あなた、お止《よ》しなさいよ。そこがあなたのいけない癖よ。運動なさったいい癖が台なしだわ」

「だって、あまりやっつけられちゃ、口止めする方が安全だよ」

「あなたは、他の女の方にお出しになる手を、あたしにまで出そうとなさるから虐《いじ》めるの。あたしがあなたからお金をいただいているのは、あなたの生活をただお助けしているだけよ。あなたはお金を撒くことだけが、生活なの」

「まア、云わば、君は少し野暮臭い、と云う方の女だよ。僕に意見をしてくれるのはありがたいが、もう少し、僕の金の撒き方に好意を見せてくれてもいい」

「だって、好意の見せ場が見つからないわ。あたしがちょっと愛嬌《あいきょう》を振り撒くと、また一枚と来るんでしょう。それじゃ出て来る愛嬌だって溜まらないわ。あたしには、あなたがお腹で、あたしの愛嬌にお点を点《つ》けていらっしゃるのが分かっているの。これからあたしが愛嬌を振り撒いたら、あなたを馬鹿にしているときだと思っていてちょうだい」

これが能子だ。久慈が金で創った永遠の女性の頭だけは、いつまでたっても頭を横に振り続ける。久慈は能子に逢うと世界が新鮮に転倒した。彼女は酒だ。彼は能子の唇《くちびる》を狙って傾いて行く患者である。

水滴型の自動車が、その膨《ふく》れた尖端《せんたん》で、街を落下するように疾走《しっそう》した。久慈と能子がホテルへと行くのである。ガードの下腹。鉄の皮膚に描かれた粗剛《そごう》な朱色《しゅいろ》の十字を指差して、能子は云った。

「あなた、あたしはあれが恐いの」

久慈が振り向くとガードの上を貨物列車が驀進《ばくしん》した。擦《す》れ違うオートバイ。電車の腹。警官の両手をかすめてトラックが飛び上がる。キャナルの水面に光った都会の足。下水の口で休息している浚渫船《しゅんせつせん》。

「あなた、あたしは、あれが好きなの」

ホテルでは、クッションの中から百貨店の匂いがした。久慈は上着を脱いでテラスへ立った。噴水のアーチの中を二羽の鵞鳥《がちょう》が夢のように泳いでいる。

「まア、あれを御覧なさいな。あれは古風な恋愛よ。あたしはあんなのを見ていると、羽根枕を目茶苦茶《めちゃくちゃ》に叩きつけてやりたくなるの」

「君には情緒《じょうちょ》というものがないんだね」

「ええ、そう、あたしはあんな鵞鳥を見ていると、この欄干《らんかん》の上で逆立ちしてみたくてならないの」

「僕は君とは反対だ。まずここで煙草《たばこ》を吸って」

「あなたには進化というものがないんだわ。もしあたしがあなただったら、首を縊《くび》るより仕方がないわ」

「もし僕が君だったら、刑務所へでも這入《はい》りたい」

「じゃ、とてもあなたとは駄目なのね。あたし、こんなことをしていても、明日の朝は電車で足を踏まれぬように、と思っている人間なの」

「ところが、僕は、君がいたって好きなんだ」

「まア、もう少し、お上手におっしゃったって」

「いや、そう云われると羞《はずか》しくなるんだが」

「あたし、あなたのお顔を見ていると、競子さんに黙って来たのが残念だわ」

「競子は競子」

「能子は能子？　ね、あなた、ちょっとこちらを見てちょうだい。あたしは今夜は、顔を洗いに来たんだから、もうショップガールじゃないことよ。まあ、鷲鳥だって、あんなに優しく二人の前で泳いでいるし、あたしだって、ここのボーイを蹴飛ばすぐらいなんでもないわ」

「いや、今夜はなるたけ、音無《おとな》しくしていてくれたまえ」

「あたしは、あなたが好きなのよ。こんなに、こんなに云ったたって。あらあら、あれはシエラザアト、あなた。ちょっと」

能子は石の上に上っている久慈の手を持って、引き摺《ず》り降ろすと、突きあたりながら踊り出した。

「君は、なかなか乱暴だ」

「だって、あなたのお店がいけないんだわ。あたしは気取ったことなんかしていると、首の骨が痛み出すの。あたしは動かないでじっとしてると、草のようになってしまって風邪をひくの」

「そりゃ野蛮《やばん》だ」

「あたしは野蛮人が大好きよ。あの裸体姿を見ていると、身体が風のように拡《ひろ》がって飛びたくなるの」

「君には進化と云うものがないからだ。もし僕が君だったら、首を縊るより仕方がない」

「あら、あなたには進化がないから、そんなことをおっしゃるんだわ。野蛮人を軽蔑《けいべつ》するのは、文明人の欠点よ」

「それなら君は、自分の親父と結婚するに限るのだ」

「まア、あなたは、結婚とはどんなことだか御存知ないと見えるわね」

「冗談はよしたまえ。これでもまだ結婚だけはしたことがないんだよ」

「じゃ、どうぞ御自由にしてちょうだい。あたしはそのとき、そっとあなたのお顔を見て上げるわ。そしたらあなたは、きっと野蛮人のようなお顔をなすって、まア結婚なんて、だいたい、こんなものさっておっしゃるわ」

「それなら僕と、結婚してみるのが一番だ」

「まア、そんなに怖そうなお顔でおっしゃらなくても、あたし、結婚なんかいたしませんわ」

「いや、結婚すると云うことは、こんなに骨の折れることだとは思わなかった。さあどうぞ」

久慈の示した部屋の方へ、能子は扇子を使いながら、ひらひら笑った仮面のように這入っていった。久慈は部屋の羽根枕にもたれかかると、黙って能子の膝《ひざ》を軽く指さきで叩き出した。

「あなたは、あたしの着物が、よほどお気に召さないと見えるのね。これでもあたしは、あなたのお店でいただいたものなのよ」

「いや、これがそれほど大切な着物なら、いま一枚上げてもいい」

「ええ、どうぞ、あたしはあなたとお逢いしてると、着物がほしくて仕方がないの。これはきっと、あなたが上品なせいなのね。もしあなたが野蛮人だったら、あたしはあなたの前で、裸体になって踊ってみるわ」

「僕は一度君のそう云う所も見たいのだ」

「まア、あなたはそう云うときだけは、野蛮人に好意をお持ちなさるのね」

「こう云う羽根枕の上へ並んだら、もう野蛮人の話だけはよしたまえ」

久慈の片手が能子の胴に絡《から》んで来た。能子は久慈の膝の上へ飛び移ると、櫓《ろ》を漕ぐように身体を前後に揺り動かした。彼女の頭にささったクリリッカスのヘヤピンが、久慈の眼鏡をひっ掻《か》いた。彼は顔を顰《しか》めながら彼女の唇の方へ自分の頰《ほお》を廻していった。と、能子はスタンドの傘をくるくる廻しながら、

「鬱子、桃子、丹子、鳥子、まア、沢山《たくさん》で賑《にぎ》やかね」

「ここは、デパートメントじゃないんだよ」

「だって、あなたのために、歌を歌って上げたって、悪くはないわ」

「今日は、芽出度《めでた》い結婚式だ。縁起の悪いことは云わぬがいい」

「そんなことをおっしゃると、いつも競子さんはどんなことをおっしゃって？」

「さア、立った、今夜は僕は、侮辱《ぶじょく》されに来たんじゃない」

「まア、じゃ、あなたはあたしと結婚なさるおつもりなの？」

久慈はいつまでも黙っている。

能子は久慈の膝から立ち上がった。彼女は久慈を睨《にら》みながら、強く一振《ひとふ》りスタンドの傘を廻すと黙って部屋の外へ出て行った。

今日は昨日の翌日だ。エレベーターは吐瀉を続けた。オペラパックを嗅ぐ女。コンパクトの中へ浸った女。デコルテアトレーンにモンタント。能子は朝から早くパラソルの垣根の中で、青春とはかくのごとしと云うかのように、ぽんぽん羽根枕を叩いて

いる。久慈は休息の時間が来ると、頭のとれた「永遠の女性」の手足を眺めにまたことこと七階まで昇っていった。

# 嫉妬する夫の手記

二葉亭四迷

○

四月二日、Oがうちへ泊まりに来た。

はじめに妻は、客がいると手足を縛られるものだから、その滞在を荷厄介《にやっかい》にしていた。また女中を雇わないかとある時妻に云《い》ったら、妻は出費の嵩《かさ》むのを恐れて、そんな贅沢《ぜいたく》は出来ません、それにお客様もやがていなくなるのでしょうから、と云った。

ところがOは引き続き泊まっている。

妻はOのことで時々私に不平を云ったが、どうにかその滞在にも慣れたばかりでなく、進んで客の世話までするようになった。みんなあなたの為ですと、弁解か何かのように云ったこともある。私は口ではそれは有難《ありがた》いと云ったが、内心別なことを感じていた。不満でもあれば何か心配でもある、ひと口に云うと何だか変に面白くないのである。

そのうち妻はだんだんOに親しみを持って来た。客の方も同じ有様《ありさま》だ。しかし私のOに対する気持ちは暫《しばら》くは以前と少しも変わらなかった。

違う。Oがいると仕事の邪魔になるということを理由にして一所懸命Oから自由になろうとしていたところから見れば、その時既に私の気持ちは変わっていたはずである。

しかし自由になる見込みがなかったので、私は田舎へ行くことにきめた。そうきめた事はOにもよく話したが、勿論《もちろん》本当の理由は云わなかった。Oはそれに対して自分は是非家に帰らなければならない、ここに六月十日過ぎまで滞在することはできない、自分がいるためあなたの家庭に色んな迷惑をおかけするのは不本意だから、差し当たりある友人の家へ移るつもりだ、と云った。Oにしてみれば気詰まりだろうと、その時私は思った。私は御愛想に、ずっといてくれと勧めたが、Oはきかなかった。私も別に引き留めなかった。

私は田舎へ行った。

妻がいないので随分退屈だった。妻は一度手紙を寄越《よこ》したが、その手紙には何の感情も籠《こも》っていなかった。頗《すこぶ》る冷たいものだった。

到頭《とうとう》我慢ができなくなった。Oもやがていなくなるだろうと思って、私は六月九日に帰宅した。

Oはその間ずっと、知人の家へなど行かずにいたらしい。家へ帰る心算《しんさん》も、いつのまにかなくなっている。何故《なにゆえ》出発を延ばしたのか、私には云いもしなかった。

妻はまた、もてなしが悪いと云わせないために随分骨を折ってお世話をしましたと、云う。

私の目についただけでも、妻は私の帰宅を余《あま》り喜んでいなかった。私が帰っても妻には別にどうということもないような風であった。思いもかけなかった事である。母は私の帰宅を大層喜んだ。母と妻との違いが余計私を驚かした。

私の留守中に、私と妻とに対するOの態度は著しく変わっていた。私には冷淡に、妻にはますます狃《な》れ狃れしくなっている。一度も自分では云い出さないが、妻は大層客の気に入っているに相違ない。

○

以前、Oが来るまでは、妻は毎晩書斎で私の傍に坐って仕事の邪魔をした。Oが来てからは、Oが家にいないと終始Oのことばかり云っているし、家にいるとわざわざ何度もお茶を持って行ってはいつまでも話をしている。一方私に対しては冷たくなるばかりだ。上総から帰ってからは殊《こと》にひどい。

妻は私には目に見えて冷淡になり、Oには目に見えて忸れ忸れしくなった。……上総から帰ってから私はそれに気が附いた。

私が度々《たびたび》本を投げ出すのは、妻の冷淡な態度が癪《しゃく》に触るからだ。

二十五日? 二十三日?

妻は一時間半以上もOの傍に坐っていた（十時半から十二時十五分まで）。

妻が私の方に来た時、私はわざと眠っているふりをした。

妻は蚊帳《かや》を吊ろうとした。

蚊帳の縁が私の顔に触れた。私は目を覚ますふりをした。

妻は私に一言も云わず、すぐこっちに背を向けて寝た。私も黙っていた。妻は寝入ったらしいが、私は寝られなかった。朝まで眼を閉じなかった。

○

七月二日

二十七日？の夜、私は妻に云った。確かにお前はOが好きだし〇はお前が好きだ、お前の似合いの亭主は俺でなくてOだ、俺のところへ来たのはお前の間違いだった、俺も同様だ。すると妻はただそんなことはもうおっしゃらないで元通りに『仲好《よ》く』暮らしましょう、と云うばかりだった。

そのくせ妻は相変わらずOの側にいつまでも坐っている。私が二人の関係について云った事を妻は認めておきながらこの有様だ。

二人で私を玄関まで送る時には、私の胸が緊《し》めつけられる。Oは正面に突っ立っている。妻はその足許《あしもと》に膝《ひざ》を突いている。そうして二人は一緒に私にお辞儀する。おまけに私は、『二日も経てば仕事が片附く。あっちへもやっていらっしゃい』などと無理にも云わなければならない。

二人の様子を見ていると、何だかこっちが客で向こうが主人のように思われて来る。

だから勢いそんな不手際な態度も出て来るのである。

七月二日

Oは五時頃帰った。

ほとんど私が出懸《か》ける間際まで階下に私と一緒にいた。

Oの私に対する態度には別段取り立てて云う程のこともなかったが、二人を見ていて私は、Oが妻と二人だけの時はいつも賑《にぎ》やかに喋《しゃべ》っているのに、私がいると無口になってしまうのだと考えた。

ともかく、大体の印象はよかった。妻は大体Oに対して遠慮なく振る舞っていた。私の目の前で妻はOの『襟』まで直してやった。

私は妻にわざと、お母さんが厭《いや》な顔をしても構わないからお前は一所懸命にOの世話をしてやってくれ、と頼んだ。

それに、変に思われたのは、妻が母のことで不平を云う時Oの棚下ろしもしそうなものなのに、それはやらないことだ。まるで母だけが悪い人のように聞こえる。ところが本当を云うと、母にも幾らか言い分がある。

妻はまた、私が晩にOの側に坐っていてもお母さんは悪い顔をしません、と云った。

Oは私がいると滅多《めった》に笑わないが、妻と一緒に時を過ごしていると二人で始終笑っている。妻は云う、二階で私の笑い声がすると、お母さんはすぐ、私が二階で油を売っているとお考えになるのです。

七月二日

夕飯のため帰宅。

母は昨晩八時半頃に帰宅し、Oは四時半頃帰ったことがわかった。小供《こども》達は六時半頃に寝たから、多分約二時間は二人だけでいたことになる。

妻は母の遣《や》り口を訴えて云う。今朝だか一昨日だか覚えていないが、妻がOのところに暫く坐って、Oのズボンを繕《つくろ》っていると、母が仕事が済んだらちょっとおいでと云って寄越した。妻はOの前で大変きまりの悪い思いをした。更に妻の話では、母が世話をしてくれないので赤ん坊はいつまでも泣きやまなかった。そこでOは、私が小供のお守《も》りをしてやる方がいいのだろう、と云った。それでまた大変恥ずかしかった。妻は云う。お母さんは、私が『酔興《すいきょう》』であの人の世話をしているとでもお思いなんでしょう。お母さんの考えでは、親切なんて余計なものなんでしょう。……

妻はまた云った。丁度私が下宿に移った二十七日の晩から月経が始まって、それがまだ終わらない。出血は私の移る前数日の間続いて、移る前日、即《すなわ》ち二十六日には止まった。変だ。

○

私が田舎から家へ帰ると、妻は急に肺病患者のような咳をし始めた。

Oはひっきりなしに咳をしている。咽喉《のど》の病気だ。
この二つの事実を比較して私は……尤《もっと》も私は間違っているかも知れない。咳は咳でも妻の仕方とOの仕方は違うから。

手紙

○

妻は横山には別の態度を取っている。
私が妻を何かで叱《しか》ったら、Oはそれを庇《かば》った。

○

六月二十七日
明日はどんな事があっても下宿へ行くと妻に申し渡した。
妻は私のこの言葉を平気な顔をして聴いた。私が幾らかためらっていると、妻は、どうせそうしなければならないんだから決めたことはさっさと実行する方がいいと云った。

二階へ行って話すと、Oはそうかと云ったきりであった。妻も上がって来た。Oは私よりも妻と余計話した。妻が赤ん坊の泣き声を聞きつけて下りて行くと、我々二人は執拗《しつよう》に沈黙した。両方に具合の悪いこの沈黙を破ったのは私の方だったらしい。

私は寝ようと思って階下へ降りた。六畳の小さなランプがまだ消してないのに気がついたから妻にまた起きるのかと訊《き》いた。妻は、Oには別にして上げることもないから起きません、どうぞランプを消して下さいと云った。妻からそんな返答をされると、私は意地悪に似た不思議な感情に捉《とら》えられて、Oはまだお茶が欲しいかも知れないから一杯持って行って上げる方がいい、と云った。

それから間もなく妻は起きてOのところへお茶を持って行った。十一時頃である。行ったと思うと中々《なかなか》帰らない。初めは二人の話し声が聞こえていた。やがてそれが途切れがちになった。つまり話がはずまないのだ。

十二時過ぎに赤ん坊が泣き出した。妻はその時やっと帰った。四十分ばかりOのところにいたことになる。

それから小供がまた寝入った。私と妻の間に頗る注目すべき対話が行われた。

妻との対話

○

二十七日夜、妻と注目すべき対話。豆の話。

二十八日?

妻が小供達を連れて来る。

敷布《しきふ》の赤いしみが私には怪しく思われる。

妻はそれを取り換えに来たのだ。

私が今日引っ越しすることを知っているはずなのに、妻は私を待たずに赤ん坊を連れて髪結《かみゆ》いに行った。

私は妻の留守中に引っ越しをした。

眠れなかった。一晩中Oのこと、妻のことを考えた。

○

六月二十九日
朝、蚊帳を買わせるため帰宅した。

妻は蚊帳を持って来た。

妻は云う、Oは昨夜遅く帰ってすぐお寝《やす》みになりました、私は寝ずに縫い物をしながら待っていました。昨夜よく寝たので、いつもと違って眠くなりません。

Oは妻に文芸倶楽部をくれた。

○

六月三十日
朝、例の如《ごと》く本を取るため帰宅。

昼飯後、妻がいろんなものを持ってやって来た。Oに、食事の用意はいつでも出来ている。それにちっとも遠慮することはない、尚《なお》お望みならお酒も差し上げる、と云うように勧めた。

そう妻に云ったのは、Oは出歩くため金がまたすぐなくなってしまうなどと妻が云うからだ。尤も妻はそれを別段気に懸けていないような調子で云った。

本当に気に懸けていないのか、努めて気に懸けていないような風をしただけなのか、私にはわからない。

妻はまた、Oがわざと私を訪ねようともしないのを見ると、私が下宿に移ったのがOの気を悪くしたのでないか、という懸念を漏らした。私は、俺の為にどうかOを大事にしてやってくれと云った。……そうして何か意地悪の気持ちを感じた。

晩にOがやって来た。

Oは、石灯籠《いしどうろう》の買い手が見附かったことを初めて私に知らせた。

私は、Oがしまいには妻のことに触れるように話を運んだ。妻が絶えずOのことを心配しているということをわからしてやろうと思ったのだ。しかし妻の話が出る度に、

Oは笑って何も云わない。それが私には、Oの方も大分変だしまた怪しいと思われた。

二十七日の対話以来、妻はOの話が出る度に打ち沈むように見える。Oについて色んな話をするにも拘《かかわ》らず、少しも感情を面《おもて》に表さない。

あの会話をするまでは妻がOの居合わせないところでOの話をする時はいつも顔を輝かして大層嬉しそうだった。しかしあれ以来妻はそんな顔をするのをやめた。

私は妻との親密な交渉をやめることに決心した。

○

七月一日

Oは十二時前に帰宅したが、それから暫く昼間行って来たカワラの話をしていたので、一時頃まで床につけなかった、と妻は云う。

妻は尚報告した。Oは今朝妻を暫く二階の自分のところに引き留めて、ズボンの繕いを頼んだ。それでOの単純さを別に悪気もなくからかった。更に妻はOのことを沢《たく》山《さん》話したが、別段非難はしなかった。Oは妻に洗濯や裁縫を頼んだ。

母も私にそのことを非難をもって話した。母は、Oは永いこと『子持ちを引き附けて置いた』、結局私だけが一番面倒な目に会う、と云う。

オサダ（長田？）は私に近いうちに出発するという葉書を書いた（それは出さずにしまった）。

それで私はやや安心した。

母は今からもう喜んでいる。

妻はそれを報告した時ちっとも感情を面に表さなかった。

母は晩に高木さんへ行った。

晩になって雨が降った。

Oが母より早く帰ったかどうか、私は知らない。……雨が降らなかったら、私は帰って来たところだが……

妻は、自分が何時《いつ》私のところへ来たのか思い出せない。昨日だったか一昨日だったか……妻がもし私のことを思っていれば、そんなことはないはずだ。それが私にいやな思いをさせた。

ともかくこの日妻はいかにも落ち著《つ》き払っていた。妻が内心何を感じているか様子を見ただけでは誰にもわかるまい。

私は、Oは妻が好きだし妻はOが好きだから、二人の関係は暫くそのまま続くだろうと、再び確信した。

○

三日、私は終日涙を流していた。

四日、妻との夫婦としての交渉を絶つことを妻に申し渡した。

五日、妻は半ば告白した。

妻は日中トミを連れて来た。あなたが自分をそんなに悩ましている事実を一々《いちいち》落ち著いて穿鑿《せんさく》して見たなら自分の間違いに気が附くんではないかしら、と妻は云う。私はそうだともそうでないとも云った。Oに対する妻の態度が依然として、私が想像しているような重大な変化を来たしていないという意味では、そうだと云えるが、妻の心に愛の芽があってもやはり妻を疑うことができないという意味では、そうではないと云える。すると妻はまた恐ろしく腹を立てた。トミは倦《あ》きて泣き出した。妻は帰って行った。

晩に妻が一人でまた来て告白した。

妻の話では、Oが濱口のところへ行った晩遅く帰った。十二時過ぎになった。妻は二階のOのところへ行って四十分間（即ち一時まで？）いた。何故Oのところにそんなに永くいたのかそれは思い出せない、と妻は云う、妻はそのことを今日の夕方小さい小供の寝顔を眺めながら考えた。

玄関で妻がOと出会った。Oの顔を見ると妻は全身にぞっと悪寒《おかん》が走るような気がした。

○

五日、妻の本当の懺悔《ざんげ》。

妻はOの側に四十分間立っていた。

どんな風に時が経ったか忘れた。

妻はOに対して一度も憤《いきどお》りを感じたことがない。

○

Oは私を訪ねることを喜ばなかった。
Oは、何故出発を延ばしたのか私に話さなかった。
Oは私が居合わせない時だけ賑やかに喋る。
Oは他所で泊まらなくなった。
Oは絶えず妻に不平を云った。
Oは河原に対して冷たくなった。
私に対するOの冷淡な態度。
そっけない手紙。
妻は私の帰宅を喜ばなかった。
私の留守中妻は一層Oと親しくなった。……それが私をいやな気持ちにさせた。
(一) 絶えずOのことを思い出す。

(二)豆の話。

五月二十三日(三)妻は二時間ばかりOのところにいた。私に対する妻の冷淡な態度。

(四)妻は引っ越しを早くするように勧めた。

(五)私の引っ越しの前日、妻はまたも長坐した。

(私と)妻との対話。

私の引っ越しの日妻は家にいなかった。

Oに対する妻のぞんざいな態度。

(六)妻との相談、妻の返答。

(七)妻との親密な交渉を断とうという私の決意。

七月一日、妻は母のことばかりこぼして、Oはまるでそれに関係がないような調子だ。妻は一人Oの肩を持って、その滞在を重荷だと感じない。

最近

Oのことで妻は一度も不平を云わない。

大体、妻はOの滞在を重荷に感ずる風を見せない。

# 野萩

久生十蘭

一

出かけるはずの時間になったが、安《やす》は来ない。離屋《はなれ》になった奥の居間へ行ってみると、竹の葉影のゆらぐ半月窓のそばに二月堂が出ているだけで、あるじのすがたはなかった。

窓ぎわに坐って待っているうちに、六十一になる安が、ひとり息子の伊作《いさく》の顔を見たさに、はるばる巴里《パリ》までやってきた十年前のことを思いだした。

滋子《しげこ》はそのとき夫の克彦《かつひこ》と白耳義《ベルギー》にいたが、十二月もおしつまった二十九日の昼ごろ、アスアサ一〇ジ　パリニックという安の電報を受け取ってびっくりした。

安は滋子の母方の叔母で、伊作を生むとまもなく夫に死に別れ、傭人《やといにん》だけでも四十人という中洲《なかす》亭の大屋台を十九という若さで背負って立ち、土地《しま》では、人の使いかたなら中洲亭のお安さんに習えとまでいわれた。

長唄は六三郎、踊りは水木、しみったれたことや薄手《うすで》なことはなによりきらい。好物は、かん茂《も》のスジと切茸《きりだけ》のつけ焼き、白魚《しらうお》なら生きたままを生海苔で食べるという、三代前からの生粋《きっすい》の深川っ子で、旅といえば、そのとしまで、東は塩原、西は小田原の道了《どうりょう》さまより遠くへ行ったことがなく、深川を離れたら三日とは暮らせないひとが、どんな思いをしながらマルセーユへ辿りついたのだろう、巴里までの一人旅は、さぞ心細く情けなかったろう。

伊作が巴里に落ち着いているのは、春と秋の三ヵ月くらいのもので、夏はドーヴィル、冬はニースと、一年中、めまぐるしく遊びまわっているふうだから、いまは巴里にいないのかもしれず、いるにしても、あのめんどう臭がり屋が出迎いなどしそうもない。駅の出口あたりで、途方にくれておろおろしている叔母のようすが見えるようで、思っただけでも胸がつまるようだった。克彦もしきりに心配するので、その日の午後の急行に乗り、夜おそく巴里に着いて伊作の宿へ行ってみると、案の定、どこかで遊び呆《ほう》けているのだとみえ、叔母の電報は再配達の青鉛筆のマークをいくつもつけて、手紙受けのガラスの箱のなかにおさまっていた。

翌朝、時間より早めに駅へ行って、ホームの目につくところに立っていると、鼠紺《ねずこん》大小あられのお召《めし》に、ぽってりとした畝《うね》のある藍鉄《あいてつ》の子持ちの羽織《はおり》、阿波屋の駒下駄《こまげた》

をはいて籠信玄《かごしんげん》をさげ、筑波山へ躑躅《つつじ》でも見に行くような恰好《かっこう》で汽車から降りてきて、

「おや、滋さん、どうしてここへ？」

と、けげんな顔をした。

「どうしてって、なによ。お出迎いにあがったんじゃありませんか」

安は、のびあがるようにして、あたりを見まわしながら、

「若旦那は？」

「伊作は、よんどころない用事があるっていいますから、あたしがご名代《みょうだい》」

「それはどうも、わざわざ」

駅の表へ出ようとすると、安は急に渋って、「こんなところで降ろされてしまったけど、ここが巴里なの」と、ひくい声でたずねた。

「そうよ、ここが巴里よ」

滋子がうなずいてみせると、安は、

「へえ、これが巴里」

あきれたような顔で、煤《すす》ぼけた駅前の広場を見まわしていたが、タクシーにのせられるとだんだん機嫌が悪くなって、

「巴里って、ずいぶん、しみったれたところなんだねえ。若旦那、なにがよくて、七年も八年も、こんなところでまごまごしているんだろう……子供のとき、世界一周唱歌で、花のパリスに来てみれば、月影うつすセイン河、なんて、うたったもんだけど、まるっきり、絵そらごとだったよ。呆《あき》れたねえ」

と、こきおろしはじめた。滋子はつくづくと安の顔をみて、

「呆れるってのは、こっちのことだわ。こんなところまで、一人でトコトコやってくるなんて、いったい、どうしたというわけなの」

安は案外な落ち着きかたで、

「こんど、延《のぶ》が店をやってくれることになって、身体があいたから、ちょっと遊びにきたのさ」

「来るひとも来るひとだけど、出すひとも出すひとだわ。たいへんだったでしょう、マルセーユなんかじゃ、どうだったの」

「べつに、なんでもなかった」

「なんでもないことはなかったでしょう。でも、よく気がついて、あたしのところへ電報をうったわね」

「なんの電報？」

「あなたがマルセーユから電報をくだすったから、こうして白耳義からお出迎いに罷《まか》りでたんじゃないの」

「それは、あたしじゃない。滋さんの所書《ところが》きを出るとき忘れてきたもんだから、打ちたいにも打ちようがなかった」

「でも、あなたのほかに、誰が電報を打つというの」

安もへんだと思ったか、解けきらない顔で、

「マルセーユじゃ、ちっとも心細い思いなんかしなかったのよ。税関がすんだので、なんとかいう旅行社のひとに、駅まで送ってもらうつもりにしていると、どこかの奥さまが寄っていらして、お一人で日本から？　よくまあねえ。さぞ、たいへんでしたでしょう。駅でしたら、あたくしがお送りいたしましょう。ちょうど車を持っておりますからって」

「それは、いい都合だったのね」

「三十七、八の、すっきりしたなんともいえない容子《ようす》のいい方なの。まだ時間があるからとおっしゃって、なんという通りなの、明石町の船澗《ふなま》のあたりにそっくりな河岸《かし》

のレストランで、見事な海老《えび》や生海丹《なまうに》なんかご馳走《ちそう》してくだすって、それから……」

「電報も、その方が打ってくだすったのね」

「そうなのよ……でも、おかしなことだったの。あわてていたもんだから、電報の文句だけいって、若旦那の所をいうのを忘れちゃったんだから、なんにもなりゃしない。汽車が出てから気がついて、巴里へ着くまで心配のしどおしだったけど、あなたが出ていてくれたので、ほっとしたわ」

伊作のほうはともかく、ブリュッセルへ電報を打つところまで気をきかしたのは、誰だったのだろうと思って、

「その方のお名前、伺って？」

「それが、つい、気がつかずだったの。でも、あの方なら、どこでお逢いしても、すぐわかる。汽車が出るまで、ホームで見送ってくだすったけど、あんな愁《うれ》いのきいた、眼に沁《し》みるような美しい顔、見たことがない。いまでも、ありありと眼の底に残っているわ」

そんなことをいいながら、籠信玄から塩せんべいをだして、

「あなた好きだったわね、銀座の田丸屋よ。荷物が着くと、どっさり入っているわ」

のどかな顔で、移りかわる河岸の景色をながめていたが、薄靄《うすもや》の中でぼんやりと聳《そび》えているエッフェル塔を見つけると、うれしそうに手を拍《う》って、

「ちょいと、あれ、エッフェル塔でしょう……巴里の万国博覧会といって、よくあの写真を見せられたもんだった。おやおや、なつかしいこと」

他国で旧知《きゅうち》にでも逢ったようにニコニコしていたが、

「ねえ、滋さん、あの上へのぼれるのかしら。エッフェル塔のてっぺんで初日の出を拝んだといったら、話の種になるわね」

「ええ、のぼれるのよ。でも、あそこが開くのは十時ですから、お日の出を拝むというわけにはいかないわね」

「えええ、それで結構だから」

うつらうつらしながら、そんなことを思いだしていると、安が小走りに部屋へ入ってきて、

「滋さん、こんなところにいたの。もう時間よ、さあ、出かけよう」と、せきたてた。

## 二

川崎をすぎると、前窓《フロント》にあたる風の音が強くなってきた。沖に白く波がしらがたち、倉庫の尾根の上で、群れ鳩が風にさからいながら輪をかいている。岸壁《がんぺき》でさんざんに吹きまくられるのかと思うと、やはり服にすればよかったと、急に振《ふ》りの赤さが気になってきた。

欧州引揚船の荷物検査は無事にすんだためしがないが、こんどもまた、子供の靴下から、ぞろりと宝石があらわれて、五日も観音崎の沖でとめられ、ようやく上陸許可になったと思うと、検疫中にチフス患者が出たり、なにか、ひどくごたごたした。

安は白足袋《しろたび》の爪先《つまさき》をきっちりと揃え、伏《ふ》し目になって、なにかかんがえているふうだったが、

「伊作は、もう日本へ帰って来ないだろうと、ずっと前から覚悟していたのよ」

と、だしぬけに、そんなことをいいだした。

「へえ、どうして」

「どうしてってことはないけど、そんな気がしたの。だから、帰ってきたなんていわれても、ほんとうのような気がしないのよ」

「帰るも帰らないもあるもんですか、否応《いやおう》なしよ……二十年近くも欧羅巴《ヨーロッパ》でしたい放題なことをして、四十二にもなって、追いかえされて来るなんて……あなた、土耳古《トルコ》のアンカラへ赴任なすった千田公使、ごぞんじでしょう？」

「書記官でいらしたころ、よくお見えになったよ」

「ついこの間、聞いたんですけど、千田さん、ホームシックにかかって……日本へ帰りたい帰りたいで、神経衰弱になって、ご夫婦でピストル自殺をなすったんですってよ」

「あの千田さんが、ご夫婦で……それはお気の毒だったわねえ」

「なにしろ、任地がアンカラでしょう。そうまでなさるには、どんなにお辛かったろうと思って、つくづくお察ししたわ。そんな方もあるのに、伊作なんか、帰ってきたって、欧羅巴のほうばかり眺めながら、腑《ふ》ぬけのようになって暮らすんでしょう。帰らないですむなら、あんなひと、帰って来ないほうがいいんだわ……あなた、やはり逢いたい？」

「逢いたいね」

「母親なんて、馬鹿なもんだわね。あんな目にあわされながら、息子が恋しいだなんて」

「ええええ、どうせ、あたしは馬鹿なのよ」

安を車に残して、山下桟橋へ行ってみたが、ようすがわからない。冷たい風が、波しぶきといっしょに吹きつける桟橋を、寒肌《さむはだ》をたてながら行ったり来たりしていたが、引揚者は収容所にいるだろうということで、そっちへまわった。

合宿所へ行くと、伊作はいたが、姿を見せず、ホテルのポーターのようなのが、代わりに出てきて、磯子の萩《はぎ》ノ家という家で待っていてくれ、すぐ行くから、と伊作の伝言《ことづて》をつたえた。

もとはどういう邸《やしき》だったのか、竹の櫺子《れんじ》をつけた、いかにも床《ゆか》しい数寄屋《すきや》がまえなのに、掛軸《かけじく》はかけず、床柱《とこばしら》の花籠《はなかご》に、申し訳のように薊《あざみ》と刈萱《かるかや》を投げいれ、天井の杉板に金と白緑《びゃくろく》で萩が描いてある。こういうのが、このごろの趣味らしいが、それにしても、ふしぎなながめだった。

飛瀑《ひばくざわ》障りというのか、池のむこうの小滝を、楓《かえで》の真木《まぎ》が一本、斜めに切るように滝壺のほうへ枝をのべ、萩ノ家というだけあって、庭いちめんにうっとうしいほど萩を植えこんでいる。

すぐ行くといった伊作は、十一時すぎになってもやってこない、安は、のんびりと庭をながめてから、床《とこ》のほうへ立って行って、青磁の安香爐《こうろ》を掌《て》に受けて、勿体《もったい》らしくひねくりはじめた。滋子はイライラして、

「どうしたのかしら、ひどく遅いわね。もう二時間になるわ」

腹立ちまぎれにあたりちらすと、

「どこかへ遊びに行って、こっちのことなんか、忘れてしまったんだろう」

安は、こちらへ背を見せたまま、気のない調子でいった。

「それにしたって、こんなに待ちこがれているひとがいるのを、知らないわけでもあるまいし」

安は、居《い》なりに、こちらへむきかえると、

「あたしゃ、いつも待たされどおしよ。日本で待ち、巴里へ行っちゃ待ち、この二十年、若旦那の帰りばかり待って、暮らしてきたようなもんだわ……巴里じゃ、窓のそばの天鵞絨《ビロード》椅子に坐って、足音に耳をたてていたっけ……でも、それは、こっちの我《わが》儘《まま》……子供が大きくなれば、母親なんかいらなくなる。それはあたりまえのことなの……婆ァ、うるせえ、はやく帰っちまえって、宿から追いだされてしまったけど、う

るさがらせに行った、あたしのほうが悪いんだから、文句をいうセキは、ありはしない。でも当座《とうざ》は悲しいから、帰る汽車の中で、マルセーユまで、泣きづめに泣いたわ。フランス人に見られるといやだから、廊下へ出て泣いたり、はばかりへ入って泣いたり……」

そういうと、クスクスと笑いだした。親馬鹿も、ここまでくれば行きどまりだと、滋子は、なにをいう気もなくなって、

「そんな目にあって、笑っていれば、世話はないのよ」

「だって、おかしいじゃないの。あたしゃ、汽車の便器の蔽《おお》い蓋に腰をかけて、手ばなしで泣いていたの。その恰好を思いだすと、笑わずにゃ、いられないのよ」

「まあまあ、たんと、とぼけていらっしゃい。あなたがおっしゃるから、あたしもいいますけど、ほんとうに、あのときぐらい、困ったことはなかった……朝になっても、伊作は帰ってこない。あなたは竺仙《ちくせん》の紋付《もんつき》の羽織かなんか着て、チンと坐ってるでしょう。巴里には、お元日なんかないんだって、言ってきかせたって、そうかと、すぐ話のわかるひとじゃなし、大急ぎでマドレーヌのエデアールという店へ駈《か》けつけると、錨《いかり》の印のついた、錨正宗という、ふしぎな銘酒《めいしゅ》なんですが、みな売れちゃって、情け

ないことに、一合瓶がたった一本だけ……しょうがないから、それを仕入れてきて、柄付鍋《キャスロール》で火燗をして、油漬鰯《サルディン》で一献献《いっこんけん》じたのはいいんだけど、なにしろ七勺《しゃく》たらず、二人で、ひと舐《な》めふた舐めしたと思ったら、それでおしまい……膝《ひざ》に手を置いて、神妙にあとを待っているから、お屠蘇《とそ》はもうチョンなのよというと、おやおや、へんだねえ。なんなのさ、って怒ったでしょう。あんな情けないことはなかったわ」

安は、おっとりと笑って、

「なけれア、ないって、いやいいのよ。あんな、しみったれた飲ませかたをするから……でも、エッフェル塔はよかったねえ。エレヴェーターを降りてから、階段をあがらせられたのには弱ったけど、あの景色だけは、いまでも忘れない」

「四階の展望台《カンパニエール》で、ポンポンと拍手を打って、お日さま拝みだしたのは、えらかったわね」

そんなことをいっているうちに、このながい間、聞こうと思いながら、つい、聞きそびれていたことを思いだした。

「ねえ、聞きたいことがあるのよ……エッフェル塔を降りて、下のシャン・ド・マルスを歩いているとさ、だしぬけに、あっ、若旦那って大きな声をだしたでしょう?

「……あれは、なんだったの？」

安は大袈裟に首をひねって、

「おぼえていないね。なにか、あなたの聞きちがいでしょう」

と、わからない顔をしてみせた。

とぼけたりするところをみると、たしかに、なにかあったのらしいが、伊作を庇《かば》いだすと、挺《てこ》にもおえなくなるのが、むかしからの例だから、これはもう、きいても無駄だと思って、せんさくをするのはやめにした。

女中が電話だといいに来た。出てみると伊作からだった。

「なんなのよ、ひとを、こんなに待たせて」

「用事がかさなって、すぐには、ぬけられそうもない。代人《だいにん》をやるから、待たずに、はじめてくれよ。ゆっくりやっていてくれれば、終わるころくらいには行けるから」

「ちょっと待って……代人って、なんなの。あまり、へんなひとを、よこさないでちょうだいよ」

「君も知っているだろう。正金銀行のボストンの支店長をしていた幹《みき》さん」

「知ってるわ。幹利吉雄《りきお》さん」

「あのひとのお嬢さんの杜松《ねず》さんと、巴里でおなじキャンプにいたんだが、横浜で焼けた幹さんの疎開先がわからないというから、探しあてるまで、しばらく、うちでお世話してあげたいと思って……」

「あなたにしては、神妙な話ね。ええ、よくわかったわ。その方が代人？」

「十分ほどしたら、そちらへ行くから、よろしく」

三

杜松という娘の顔を、滋子は、あっけにとられてながめながら、生まれてからまだ、こんな美しい膚《はだ》の色も、こんな完全な横顔も見たことがなかったと思った。栗梅《くりうめ》の紋《もん》お召の衿もとに白茶《しらちゃ》の半襟を浅くのぞかせ、ぬいのある千草《ちぐさ》の綴錦《つづれおり》の帯を高めなお太鼓にしめ、羽織は寒色縮緬《さむいろちりめん》の一つ紋で、振りから、大きな雪輪《ゆきわ》の赤い裏がみえた。

杜松は檐《のき》の蔭《かげ》になった濡縁《ぬれえん》の近くに浅く坐って庭を見ていたが、滋子のほうへふりかえって、

「この花は、萩でしょうか」

と、しずかにたずねた。滋子はそばへ立って行って、

「あれが山萩、むこうのは豆萩……野萩……あちらが千代萩《せんだい》。でも、あれは四月でなくては、咲きませんのよ」

杜松は顔をかしげるようにして、萩の花々をながめながら、

「花も、サンパチックな、いい花ですけど、葉も、いやしい葉ではありませんのね」

といった。滋子は思わず笑いだして、

「萩の葉をほめたのは、あなたがはじめてかも知れないわ。そういえば、フランスには、萩はなかったようでしたね」

「レスペデーズって、いくらか似たのがありますけど、まるっきり、べつなものですわ」

そういうと、流れるように瞳をよせて
「日本にだけあって、フランスにない花を見たくなると、息苦しくて、どうしていいかわからなくなるの……いぜん、母と二人で、土筆《つくし》を摘《つ》みに、エトルタへまいりましたわ」

「フランスでは、土筆のことを、鼠《ねずみ》の尻尾《しっぽ》というんでしょう」

「あたしたちが土筆を摘んでいると、村の人が通りかかって、この国には、食えるようなものがないからなア、なんてからかって行きますのよ」

急に陽《ひ》が翳《かげ》って、湿った潮の香にまじった苔の匂いが、冷え冷えと座敷にしみとおってきた。杜松が坐っているあたりは、いっそう蔭が深くなり、着物のくすんだ地色がしっとりと沈み、白い膚の色が浮きだすようにあざやかに見えた。

ふだんの滋子なら、すぐ気がつくのに、いままで見すごしていたのが、ふしぎなくらいだった。見てみると、三十歳ぐらいのひとの着付けだが、十八、九の若さで、ちっともおかしくないというのは、これは、たいへんなひとなのだと思った。

「失礼ですけど、そのお衣裳《めし》、結構な地色ですことね」

杜松は、どこか薄青い深い眼付きで、滋子を見ながら、

「おほめをいただきまして、ありがとうございます。でも、これは母のおさがりですのよ。いちど、ちょっと日本へ帰ったときにつくったんだそうですけど、この着物が好きで、日本へ帰ることがあったら、これを着て帰るようにって、よく、あたしにそうもうしましたので、きょう思いきって着てみましたの……でも、三十年というと、たいへんなデモードね」

「あなた、巴里のキャンプで、伊作といっしょでしたって？」

「十二人の方と、おなじキャンプに七十日ばかりおりましたが、山住さんには、たいへんに、お世話をいただきました。船の中でも、いろいろともう……」

安はニコニコ笑いながら、二人の話を聞いていたが、だしぬけに、

「あなたさま、いぜんから、伊作をごぞんじでいらっしゃいましたか」

とたずねた。杜松は瞼《まぶた》をふっくらさせて、

「いいえ、そのときがはじめて」

「そうでしたか、それはそれは……ほんとうに、ふしぎなご縁で」

滋子は笑って、

「ふしぎなご縁とはまた、旧式なことね」

「でも、知らない同士が、キャンプで知りあうなんてのは、よくせきな縁よ。戦争がなかったら、死ぬまで、逢わずにしまったかもしれないんだから」

幹さんとおっしゃる方にお電話、と女中がいいにきた。

「ええ、幹はあたくし」

杜松が立って行くと、安は滋子のそばへいざりよって、

「滋さん、あなた気がついて？」

鹿のような濡れた大きな眼で滋子の顔を見つめながら、

「杜松さんって、あたしの孫なのよ」

と、ささやくようにいった。滋子は呆れて、安の顔を見かえしながら、

「いったい、なにをいいだすつもりなの」

安は、急に幅のあるようすになって、

「伊作の娘なら、あたしにとっては孫でしょう、そうじゃなくって？」

滋子は、押しまくられて、たじたじになりながら、

「伊作がいったことなの、それは？」

「いいえ……でも、あたしには、ちゃんとわかるの」

滋子は肩をひいて、

「よしてちょうだい、へんなことをいうのは……伊作にちっとも似てなんかいないじゃありませんか、眼だって鼻だって……あなた、どうかしているわ」

「父と娘は、後ろ姿が似るというけど、ほんとうね。いま立って行った後ろ姿……肩のぐあい、首、頭のさきまで、伊作にそのままよ……白状するけど、エッフェル塔の

下で、あっ、若旦那って頓狂《とんきょう》な声をだしたでしょう。あなたは気がつかなかったようだけど、伊作と女のひとが乗った自動車が、すぐ前を通って行ったの……その女のひとってのは、マルセーユで、いろいろ親切にしてくだすった、あの奥さまなのよ」

「たいへんな、めぐりあいね」

安はうなずいて、

「まだ、たいへんなことがあるのよ。杜松さん、その奥さんに瓜二《うりふた》つなの」

幹邦子《くにこ》が、夫の利吉雄を捨てて、誰かと欧羅巴へ駆け落ちをしたというたいへんな評判で、新聞社の巴里と倫敦《ロンドン》の支局は、本社からの命令で執拗《しつよう》に邦子の足どりを追及した。男と二人で欧羅巴のどこかにいることはたしかだが、所在をつかむことも、相手をつきとめることも、どちらも成功しなかった。その後、だいぶたってから、白耳義のスパや瑞西《スイス》のヴェーヴェなどで、邦子を見かけたというひとが二、三人あった。

滋子は、波のように揺れ揺れる萩の花むらを、眼を細めてながめながら、おなじ車におさまって、巴里の町なかを通るなどというのは、二人にとって、おそらくたったー度の油断だったのだろうが、それを見るはずもない安に見られたというのは、どういうことなのだろうと、つくづくと考え沈んだ。

杜松は、生き生きした顔つきになって戻ってくると、心のうれしさを包みきれぬといったようすで、

「山住さんからでしたのよ……そちらの昼食には間に合わないけど、かならず夕方までに帰るからと、おっしゃっていらっしゃいました」

「お世話さま……ずいぶん長いお電話でしたのね。なにか面白い話があって？」

杜松は身体をはずませながら、

「おあてになったわ。それは面白いお電話でしたのよ。山住さん、あんなにお笑いになったの、はじめてよ。そうして、あたしが電話を切ろうとしますと、もうすこし、もうすこしって……」

廊下に足音がして、女中たちが懐石膳《かいせきぜん》を運んできた。

向《むこう》は鯛《たい》のあらい、汁は鯉《こい》こく、椀盛《わんもり》は若鶏と蓮根《れんこん》、焼き物は藻魚《もうお》の空揚《から》げ、八寸《はっすん》はあまご、箸洗《はしあら》いという献立《こんだて》で、青紫蘇《あおじそ》の葉を敷いた鯛のあらいも、藻魚の附け合わせの紅葉《もみじ》おろしも、みな侘《わび》のある美しさだったが、安と向きあって食事をしている杜松の顔のなかにも、なにかそれと通じあうものがあるようで、滋子は、愁いに似た、やるせないほどの愛情で胸をつまらせた。

膳がひかれて、薄茶《うすちゃ》が出ると、安は茶碗を手に持ったまま、杜松のほうへ向きかえて、

「みょうなことをおたずねするようですが、お母さま、昭和十二年の暮ごろ、マルセーユへおいでになったことはございませんでしたか」

杜松は指を折ってかぞえながら、

「昭和十二年といいますと、一九三七年のことですわね……ええ、よくおぼえていますわ。十二月の二十七日の朝、マルセーユまで、お出迎えしなければならない方がおいでになったともうしまして」

「巴里から?」

「あたくしどもは、仏蘭西《フランス》と伊太利《イタリア》の国境のそばにあるサン・レモというところに住んでおりましたんです……それで?」

「ちょうど、日本から着いたばかりのところを、あなたさまと瓜二つのお美しい方に、いろいろとお世話をいただきましたが、すると、やはり、あなたさまのお母さまでいらしたのですね。お名前を伺うのを忘れて、きょうまでお礼をもうしあげることもできませんでしたが、その後、お母さま、ごきげんよくっていらっしゃいますか」

杜松は下眼《しため》にうつむいて、

「母はマルセーユからサン・レモに帰る途中、車といっしょに崖から落ちて、亡くなりましたの」

「まあ、なんということでしょう……元日のひるごろ、エッフェル塔の下を車でお通りになるのをお見かけしましたが、すると、それが……」

杜松は眼を見はって、

「母は、その年の、十二月三十日の午後に、亡くなりましたんです」

安は、なにげないふうで、チラと滋子の顔を見ると、茶碗を袱紗《ふくさ》のうえにかえし、両手を膝において、しずまりかえってしまった。

女中がまた電話をいいにきた。滋子が電話へ出て、しばらくして帰ってくると、杜松がいない。

「杜松さんは」

「庭を見るって……ほら、あそこに」

なるほど、池の汀《みぎわ》の萩の間に、うらうらとした杜松の後姿が見えていた。

滋子は、そこへ坐りこむと、血の気をなくした顔に、なんともいいようのない薄笑

いをうかべながら、

「あなたのおっしゃるとおりだったわ」

　身体を支えるように、右手を畳について、

「あなたは、ちゃんと見ぬいていらしたんですから、驚きはなさらないでしょう……ね、驚かないでちょうだい。伊作、通訳になって、いまの船で、仏印《ふついん》へ発ったんですってよ。芦田とかいう参謀《さんぼう》が、電話でしらせてよこしたの。引揚船が海防《ハイフォン》に寄ったとき、司令部にいる友達と約束ができていたような話だったわ」

　安は天井を見あげるような恰好で、だまって聞いていたが、

「若旦那は、もう日本へは帰って来ないつもりなんだね」

　といいながら、顔をうつむけたひょうしに、キラリと光るものがひとつ膝のうえに落ちた。

「いずれはこうなるものと、初《はな》っから、ちゃんとわかっていた。あのひとの思いの残っている土地を、見捨てる気はさらさらないんだから、戦争がすんだら、そのままあちらへ戻るつもりなんだ。若旦那は日本へ帰って来ないといったわね。嘘じゃなかったでしょう」

「でも、どうしてこんな末のことまで見ぬいていたの？」

「若旦那と幹さんの奥さんのことは、ずうっと前に知っていた。あんなふうに、世間をだますようなことをしているんじゃ、いい終わりはしなかろうから」

「巴里へやってきたのは、二人を別れさせるつもりだったわけ？」

「あんなところまで出かけて行くからには、もちろん、そのつもりだったのさ。若旦那のことなんか、けぶりにも口に出しはしなかったんだけど、マルセーユのレストランで食事をした短い間に、幹さんの奥さんは、こちらの気持ちを察しておしまいになったんだろう。こんなことをいうと、笑われそうだけど、元日の朝、車のなかで若旦那と並んだ姿を見せたのは影身《かげみ》に添うのはゆるしてくれということだったのかもしれないわね……そうまでと知っていたら、なにも巴里へなんか出かけて行くことはなかった」

野萩の花の下に立っている杜松の後姿を、つくづくというふうにながめながら、

「代人とは、若旦那も、しゃれたことをいうじゃないの。杜松さんをあたしのところへよこして、これで借りはないというわけなの。あんな暢気《のんき》なひともないもんだ」と笑いながらいった。

# 夜長姫と耳男

坂口安吾

オレの親方はヒダ随一の名人とうたわれたタクミであったが、夜長《よなが》の長者に招かれたのは、老病で死期の近づいた時だった。親方は身代わりにオレをスイセンして、

「これはまだ二十の若者だが、小さいガキのころからオレの膝元《ひざもと》に育ち、特に仕込んだわけでもないが、オレが工夫の骨法《こっぽう》は大過《たいか》なく会得《えとく》している奴です。五十年仕込んでも、ダメの奴はダメのものさ。青笠《あおがさ》や古釜《ふるかま》にくらべると巧者《こうしゃ》ではないかも知れぬが、力のこもった仕事をしますよ。宮を造ればツギ手や仕口《しぐち》にオレも気附かぬ工夫を編みだしたこともあるし、仏像を刻めば、これが小僧の作かと訝《いぶ》かしく思われるほど深いイノチを現します。オレが病気のために余儀なくこいつを代理に差し出すわけではなくて、青笠や古釜と技を競って劣るまいとオレが見込んで差し出すものと心得て下さるように」

きいていてオレが呆《あき》れてただ目をまるくせずにいられなかったほどの過分《かぶん》の言葉であった。

オレはそれまで親方にほめられたことは一度もなかった。もっとも、誰をほめたこ

ともない親方ではあったが、それにしても、この突然のホメ言葉はオレをまったく驚愕《きょうがく》させた。当のオレがそれほどだから、多くの古い弟子たちが親方はモウロクして途方もないことを口走ってしまったものだと云《い》いふらしたのは、あながち嫉《ねた》みのせいだけではなかったのである。

夜長の長者の使者アナマロも兄弟子たちの言い分に理があるようだと考えた。そこでオレをひそかに別室へよんで、

「お前の師匠はモウロクしてあんなことを云ったが、まさかお前は長者の招きに進んで応じるほど向こう見ずではあるまいな」

こう云われると、オレはムラムラと腹が立った。その時まで親方の言葉を疑ったり、自分の腕に不安を感じていたのが一時に掻《か》き消えて、顔に血がこみあげた。

「オレの腕じゃア不足なほど、夜長の長者は尊い人ですかい。はばかりながら、オレの刻んだ仏像が不足だという寺は天下に一ツもないはずだ」

オレは目もくらみ耳もふさがり、叫びたてるわが姿をトキをつくる雞《にわとり》のようだと思ったほどだ。アナマロは苦笑した。

「相弟子どもと鎮守《ちんじゅ》のホコラを造るのとはワケがちがうぞ。お前が腕くらべをするの

は、お前の師と並んでヒダの三名人とうたわれている青ガサとフル釜だぞ」

「青ガサもフル釜も、親方すらも怖ろしいと思うものか。オレが一心不乱にやれば、オレのイノチがオレの造る寺や仏像に宿るだけだ」

アナマロはあわれんで溜息《ためいき》をもらすような面持《おもも》ちであったが、どう思い直してか、オレを親方の代わりに長者の邸《やしき》へ連れていった。

「キサマは仕合《しあ》わせ者だな。キサマの造った品物がオメガネにかなうはずはないが、日本中の男という男がまだ見ぬ恋に胸をこがしている夜長姫《よながひめ》サマの御身《おんみ》ちかくで暮らすことができるのだからさ。せいぜい仕事を長びかせて、一時も長く逗留《とうりゅう》の工夫をめぐらすがよい。どうせかなわぬ仕事の工夫はいらぬことだ」

道々、アナマロはこんなことを云ってオレをイラだたせた。

「どうせかなわぬオレを連れて行くことはありますまい」

「そこが虫のカゲンだな。キサマは運のいい奴だ」

オレは旅の途中でアナマロに別れて幾度か立ち帰ろうと思った。しかし、青ガサやフル釜と技を競う名誉がオレを誘惑した。彼らを怖れて逃げたと思われるのが心外であった。オレは自分に云いきかせた。

「一心不乱に、オレのイノチを打ちこんだ仕事をやりとげればそれでいいのだ。目玉がフシアナ同然の奴らのメガネにかなわなくとも、それがなんだ。オレが刻んだ仏像を道のホコラに安置して、その下に穴を掘って、土に埋もれて死ぬだけのことだ」

たしかにオレは生きて帰らぬような悲痛な覚悟を胸にかためていた。つまりは青ガサやフル釜を怖れる心のせいであろう。正直なところ、自信はなかった。

長者の邸へ着いた翌日、アナマロにみちびかれて奥の庭で、長者に会って挨拶した。長者はまるまるとふとり、頬《ほお》がたるんで、福の神のような恰好《かっこう》の人であった。

かたわらに夜長ヒメがいた。長者の頭にシラガが生えそめたころにようやく生まれた一粒種《ひとつぶだね》だから、一夜ごとに二握りの黄金を百夜《ももよ》にかけてしぼらせ、したたる露《つゆ》をあつめて産湯をつかわせたと云われていた。その露がしみたために、ヒメの身体は生まれながらに光りかがやき、黄金の香りがすると云われていた。

オレは一心不乱にヒメを見つめなければならないと思った。なぜなら、親方が常にこう言いきかせていたからだ。

「珍しい人や物に出会ったときは目を放《はな》すな。オレの師匠がそう云っていた。そして、師匠はそのまた師匠にそう云われ、そのまた師匠のそのまた師匠のまたまた昔の大昔の大親の師匠の代から順くりにそう云われてきたのだぞ。大蛇《だいじゃ》に足をかまれても、目を放すな」

だからオレは夜長ヒメを見つめた。オレは小心のせいか、覚悟をきめてかからなければ人の顔を見つめることができなかった。しかし、気おくれをジッと押さえて、見つめているうちに次第に平静にかえる満足を感じたとき、オレは親方の教訓の重大な意味が分かったような気がするのだった。のしかかるように見つめ伏せてはダメだ。その人やその物とともに、ひと色の水のようにすきとおらなければならないのだ。

オレは夜長ヒメを見つめた。ヒメはまだ十三だった。身体はノビノビと高かったが、子供の香がたちこめていた。威厳はあったが、怖ろしくはなかった。オレはむしろ張りつめた力がゆるんだような気がしたが、それはオレが負けたせいかも知れない。そして、オレはヒメを見つめていたはずだが、ヒメのうしろに広々とそびえている乗鞍《のりくら》山《やま》が後々まで強くしみて残ってしまった。

アナマロはオレを長者にひき合わせて、

「これが耳男《みみお》でございます。若いながらも師の骨法をすべて会得し、さらに独自の工夫も編みだしたほどの師匠まさりで、青ガサやフル釜と技を競ってオクレをとるとは思われぬと師が口をきわめてほめたたえたほどのタクミであります」

意外にも殊勝《しゅしょう》なことを言った。すると長者はうなずいたが、

「なるほど、大きな耳だ」

オレの耳を一心に見つめた。そして、また云った。

「大耳は下へ垂《た》れがちなものだが、この耳は上へ立ち、頭よりも高くのびている。兎《うさぎ》の耳のようだ。しかし、顔相《がんそう》は、馬だな」

オレの頭に血がさかまいた。オレは人々に耳のことを言われた時ほど逆上し、混乱することはない。いかな勇気も決心も、この混乱をふせぐことができないのだ。すべての血が上体にあがり、たちまち汗がしたたった。それはいつものことではあるが、この日の汗はたぐいのないものだった。ヒタイも、耳のまわりも、クビ筋も、一時に滝のように汗があふれて流れた。

長者はそれをフシギそうに眺めていた。すると、ヒメが叫んだ。

「本当に馬にそッくりだわ。黒い顔が赤くなって、馬の色にそッくり」

侍女《じじょ》たちが声をたてて笑った。オレはもう熱湯の釜そのもののようであった。溢《あふ》れたつ湯気も見えたし、顔もクビも胸も背も、皮膚全体が汗の深い河であった。

けれどもオレはヒメの顔だけは見つめなければいけないし、目を放してはいけないと思った。一心不乱にそう思い、それを行うために力をつくした。しかし、その努力と、湧き立ち溢れる混乱とは分離して並行し、オレは処置に窮《きゅう》して立ちすくんだ。長い時間が、そして、どうすることもできない時間がすぎた。オレは突然ふりむいて走っていた。他に適当な行動や落ち附いた言葉などを発すべきだと思いつきながら、もっとも欲しない、そして思いがけない行動を起こしてしまったのである。

オレはオレの部屋の前まで走っていった。それから、門の外まで走って出た。それから歩いたが、また、走った。いたたまらなかったのだ。オレは川の流れに沿うて山の雑木林にわけ入り、滝の下で長い時間岩に腰かけていた。午《ひる》がすぎた。腹がへった。しかし、日が暮れかかるまでは長者の邸へ戻る力が起こらなかった。

☆

オレに五、六日おくれて青ガサが着いた。また五、六日おくれて、フル釜の代わりに倅《せがれ》の小釜（チイサガマ）が到着した。それを見ると青ガサは失笑して云った。

「馬耳の師匠だけかと思ったら、フル釜もか。この青ガサに勝てぬと見たのは殊勝なことだが、身代わりの二人の小者が気の毒だ」

ヒメがオレを馬に見立ててから、人々はオレをウマミミとよぶようになっていた。オレは青ガサの高慢《こうまん》が憎いと思ったが、だまっていた。オレの肚《はら》はきまっていたのだ。ここを死に場所と覚悟をきめて一心不乱に仕事に精をうちこむだけだ。

チイサ釜はオレの七ツ兄だった。彼の父のフル釜も病気と称して倅を代わりに差し向けたが、取り沙汰《ざた》では仮病であったと云われていた。使者のアナマロが一番おそく彼を迎えにでかけたので腹を立てたのだそうだ。しかし、チイサ釜が父に劣らぬタクミであるということはすでに評判があったから、オレの場合のように意外な身代わりではなかったのである。

チイサ釜は腕によほどの覚えがあるのか、青ガサの高慢を眉の毛の一筋すらも動かすことなく聞きながした。そして、青ガサにも、またオレにも、同じように鄭重《ていちょう》に挨拶した。ひどく落ち附いた奴だと思って薄気味がわるかったが、その後だんだん見ていると、奴はオハヨウ、コンチハ、コンバンハ、などの挨拶以外には人に話しかけないことが分かった。

オレが気がついたと同じことを、青ガサも気がついた。そして彼はチイサ釜に云った。

「オメエはどういうわけで挨拶の口上《こうじょう》だけはヌカリなく述べやがるんだ。まるでヒタイへとまったハエは手で払うものだときめたようにウルサイぞ。タクミの手はノミを使うが、一々《いちいち》ハエを追うために肩の骨が延びてきたわけではあるまい。人の口は必要を弁じるために孔《あな》があいているのだが、朝晩の挨拶なんぞは、舌を出しても、屁《へ》をたれても間に合うものだ」

オレはこれをきいて、ズケズケと物を云う青ガサがなんとなく気に入った。

三人のタクミが揃ったので、正式に長者の前へ召されて、このたびの仕事を申し渡された。ヒメの持仏《じぶつ》をつくるためだと聞いていたが、くわしいことはまだ知らされていなかったのだ。

長者はかたえのヒメを見やって云った。

「このヒメの今生後生《こんじょうごしょう》をまもりたもう尊いホトケの御姿を刻んでもらいたいものだ。持仏堂におさめて、ヒメが朝夕拝むものだが、ミホトケの御姿と、それをおさめるズシがほしい。ミホトケはミロクボサツ。その他は銘々《めいめい》の工夫にまかせるが、ヒメの十六の正月までに仕上げてもらいたい」

三名のタクミがその仕事を正式に受けて挨拶を終わると、酒肴《しゅこう》が運ばれた。長者とヒメは正面に一段高く、左手には三名のタクミの膳《ぜん》が、右手にも三ツの膳が並べられた。そこにはまだ人の姿が見えなかったが、たぶんアナマロと、その他の二名の重立《おもだ》つ者の座であろうとオレは考えていた。ところが、アナマロがみちびいてきたのは二人の女であった。

長者は二人の女をオレたちにひき合わせて、こう云った。

「向こうの高い山をこえ、その向こうのミズウミをこえ、そのまた向こうのひろい野をこえると、石と岩だけでできた高い山がある。その山を泣いてこえると、またひろい野があって、そのまた向こうに霧《きり》の深い山がある。またその山を泣いてこえると、ひろいひろい森があって森の中を大きな川が流れている。その森を三日がかりで泣きながら通りぬけると、何千という、泉が湧き出している里があるのだよ。その里には一ツの木蔭《こかげ》の一ツの泉ごとに一人の娘がハタを織っているそうな。その里の一番大きな木の下の一番キレイな泉のそばでハタを織っていたのが一番美しい娘で、ここにいる若い方の人がその娘だよ。この娘がハタを織るようになるまでは娘のお母さんが織っていたが、それがコッちの年をとった女の人だよ。その里から虹の橋を渡ってはるばるとヒメの着物を織るためにヒダの奥まで来てくれたのだ。お母さんを月待（ツキマチ）と云い、娘を江奈古（エナコ）と云う。ヒメの気に入ったミホトケを造った者には、美しいエナコをホービに進ぜよう」

長者が金にあかして買い入れたハタを織る美しい奴隷《どれい》なのだ。オレの生れたヒダの国へも他国から奴隷を買いにくる者があるが、それは男の奴隷で、そしてオレのようなタクミが奴隷に買われて行くのさ。しかし、やむにやまれぬ必要のために遠い国から買いにくるのだから、奴隷は大切に扱われ、第一等のお客様と同じようにもてなしを受けるそうだが、それも仕事が出来あがるまでの話さ。仕事が終わって無用になれば金で買った奴隷だから、人にくれてやることも、ウワバミにくれてやることも主人の勝手だ。だから遠国へ買われて行くことを好むタクミはいないが、女の身なら尚《なお》さらのことであろう。

可哀《かわい》そうな女たちよ、とオレは思った。けれども、ヒメの気に入った仏像を造った者にエナコをホービにやるという長者の言葉はオレをビックリさせた。

オレはヒメの気に入るような仏像を造る気持ちがなかったのだ。馬の顔にそッくりだと云われて山の奥へ夢中で駈《か》けこんでしまったとき、オレは日暮れちかくまで滝壺のそばにいたあげく、オレはヒメの気に入らない仏像を造るために、いや、仏像ではなくて怖ろしい馬の顔の化け物を造るために精魂を傾けてやると覚悟をかためていたのだから。

だから、ヒメの気に入った仏像を造った者にエナコをホービにやるという長者の言葉はオレに大きな驚愕を与えた。また、激しい怒りも覚えた。また、この女はオレがもらう女ではないと気がついたために、ムラムラと嘲《あざけ》りも湧いた。

その雑念を抑えるために、タクミの心になりきろうとオレは思った。親方が教えてくれたタクミの心構えの用いどころはこの時だと思った。

そこでオレはエナコを見つめた。大蛇が足にかみついてもこの目を放しはしないぞと我とわが胸に云いきかせながら。

「この女が、山をこえ、ミズウミをこえ、野をこえ、また山を越えて、野をこえて、また山をこえて、大きな森をこえて、泉の湧く里から来たハタを織る女だと？　それは珍しい動物だ」

オレの目はエナコの顔から放れなかったが、一心不乱ではなかった。なぜなら、オレは驚愕と怒りを抑えた代わりに、嘲りが宿ってしまったのを、いかんともすることができなかったから。

その嘲りをエナコに向けるのは不当であると気がついていたが、オレの目をエナコに向けてそこから放すことができなければ、目に宿る嘲りもエナコの顔に向けるほかにどう仕様もない。

エナコはオレの視線に気がついた。次第にエナコの顔色が変わった。オレはシマッタと思ったが、エナコの目に憎しみの火がもえたつのを見て、オレもにわかに憎しみにもえた。オレとエナコは全てを忘れ、ただ憎しみをこめて睨《にら》み合った。

エナコのきびしい目が軽くそれた。エナコは企《たくら》みの深い笑いをうかべて云った。

「私の生国《しょうごく》は人の数より馬の数が多いと云われておりますが、馬は人を乗せて走るために、また、畑を耕すために使われています。こちらのお国では馬が着物をきて手にノミを握り、お寺や仏像を造るのに使われていますね」

オレは即座に云い返した。

「オレの国では女が野良を耕すが、お前の国では馬が野良を耕すから、馬の代わりに女がハタを織るようだ。オレの国の馬は手にノミを握って大工はするが、ハタは織らねえな。せいぜい、ハタを織ってもらおう。遠路のところ、はなはだ御苦労」

エナコの目がはじかれたように開いた。そして、静かに立ち上がった。長者に軽く目礼し、ズカズカとオレの前へ進んだ。立ち止まって、オレを見おろした。むろんオレの目もエナコの顔から放れなかった。

エナコは膳部《ぜんぶ》の横を半周してオレの背後へまわった。そして、そッとオレの耳をつまんだ。

「そんなことか！……」

と、オレは思った。所詮《しょせん》、先に目を放したお前の負けだと考えた。その瞬間であった。オレは耳に焼かれたような一撃をうけた。前へのめり、膳部の中に手を突ッこんでしまったことに気がついたのと、人々のざわめきを耳の底に聞きとめたのと同時であった。

オレはふりむいてエナコを見た。エナコの右手は懐剣のサヤを払って握っていたが、その手は静かに下方に垂れ、ミジンも殺意が見られなかった。エナコがなんとなく用ありげに、不器用に宙に浮かして垂れているのは、左手の方だ。その指につままれている物が何物であるかということにオレは突然気がついた。

オレはクビをまわしてオレの左の肩を見た。なんとなくそこが変だと思っていたが、肩一面に血でぬれていた。ウスベリの上にも血がしたたっていた。オレは何か忘れていた昔のことを思いだすように、耳の痛みに気がついた。

「これが馬の耳の一ツですよ。他の一ツはあなたの斧《おの》でそぎ落して、せいぜい人の耳に似せなさい」

エナコはそぎ落したオレの片耳の上部をオレの酒杯《しゅはい》の中へ落して立ち去った。

☆

それから六日すぎた。

オレたちは邸内の一部に銘々の小屋をたて、そこに籠《こも》って仕事をすることになっていたから、オレも山の木を伐《き》りだしてきて、小屋がけにかかっていた。

オレは蔵の裏の人の立ち入らぬ場所を選んで小屋をつくることにした。そこは一面に雑草が生え繁り、蛇やクモの棲《す》み家であるから、人々は怖れて近づかぬ場所であった。

「なるほど。馬小屋をたてるとすれば、まずこの場所だが、ちと陽当たりがわるくはないか」

アナマロがブラリと姿を現して、からかった。

「馬はカンが強いから、人の姿が近づくと仕事に身が入りません。小屋がけが終わって仕事にかかって後《のち》は、一切仕事場に立ち入らぬように願います」

オレは高窓を二重造りに仕掛け、戸口にも特別の仕掛けを施して、仕事場をのぞくことができないように工夫しなければならないのだ。オレの仕事はできあがるまで秘密にしなければならなかった。

「ときに馬耳よ。長者とヒメがお召しであるから、斧を持って、おれについてくるがよい」

アナマロがこう云った。

「斧だけでいいんですか」

「ウン」

「庭木でも伐ろとおっしゃるのかね。斧を使うのもタクミの仕事のうちではあるが、木地屋《きじや》とタクミは違うものだ。木を叩ッ切るだけなら、他に適役があらア。つまらねえことでオレの気を散らさねえように願いますよ」

ブッブッ云いながら、手に斧をとってくると、アナマロは妙な目附きで上下にオレを見定めたあとで、

「まア、坐れ」

彼はこう云って、まず自分から材木の切れッ端に腰をおろした。オレも差し向かいに腰をおろした。

「馬耳よ。よく聞け。お主《ぬし》が青ガサやチイサ釜とあくまで腕くらべをしたい気持ちは殊勝であるが、こんなウチで仕事をしたいとは思うまい」

「どういうわけで！」

「フム。よく考えてみよ。お主、耳をそがれて、痛かったろう」

「耳の孔にくらべると、耳の笠《かさ》はよけい物と見えて、血どめに毒ダミの葉のきざんだ奴を松ヤニにまぜて塗りたくッておいたら、事もなく痛みもとれたし、結構、耳の役にも立つようですよ」

「この先、ここにいたところで、お主のためにロクなことは有りやしないぞ。片耳ぐらいで済めばよいが、命にかかわることが起こるかも知れぬ。悪いことは云わぬ。こ

のまま、ここから逃げて帰れ。ここに一袋の黄金がある。お主が三ヵ年働いて立派なミロク像を仕上げたところで、かほど莫大な黄金をいただくわけには参るまい。あとはオレが良いように申し上げておくから、今のうちに早く帰れ」

アナマロの顔は意外に真剣だった。それほどオレが追いだしたいのか。三ヵ年の手当《あて》にまさる黄金を与えてまで追いだしたいほど、オレが不要なタクミなのか。こう思うと、怒りがこみあげた。オレは叫んだ。

「そうですかい。あなた方のお考えじゃァ、オレの手はノミやカンナをとるタクミの手《て》じゃァなくて、斧で木を叩ッきるキコリの腕だとお見立てですかい。よかろう。オレは今日かぎりここのウチに雇われたタクミじゃァありません。だが、この小屋で仕事だけはさせていただきましょう。食うぐらいは自分でやれるから、一切お世話にはなりませんし、一文《いちもん》もいただく必要はありません。オレが勝手に三ヵ年仕事をする分には差し支えありますまい」

「待て。待て。お主はカン違いしているようだ。誰もお主が未熟だから追い出そうとは言っておらぬぞ」

「斧だけ持って出て行けと云われるからにゃア、ほかに考え様がありますまい」

「さ。そのことだ」

アナマロはオレの両肩に手をかけて、変にシミジミとオレを見つめた。そして云った。

「オレの言い方がまずかった。斧だけ持っていっしょに参れと申したのは御主人様の言いつけだ。しかし、斧をもっていっしょに参らずに、ただ今すぐにここから逃げよと申すのは、オレだけの言葉だ。イヤ、オレだけではなく、長者も実は内々それを望んでおられる。じゃによって、この一袋の黄金をオレに手渡して、お主を逃がせ、とさとされているのだ。それと申すのが、もしもお主がオレといっしょに斧をもって長者の前へまかりでると、お主のために良からぬことが起こるからだ。長者はお主の身のためを考えておられる」

思わせぶりな言葉が、いっそうオレをいらだたせた。

「オレの身のためを思うなら、そのワケをザックバランに言ってもらおうじゃありませんか」

「それを言ってやりたいが、言ったが最後タダではすまぬ言葉というものもあるものだ。だが、先程から申す通り、お主の一命にかかわることが起こるかも知れぬ」

オレは即座に肚をきめた。斧をぶらさげて立ち上がった。

「お供しましょう」

「これさ」

「ハッハッハ。ふざけちゃアいけませんや。はばかりながら、ヒダのタクミはガキの時から仕事に命を打ち込むものと叩きこまれているのだ。仕事のほかには命をすてる心当たりもないが、腕くらべを怖れて逃げだしたと云われるよりは、そッちの方を選ぼうじゃありませんか」

「長生きすれば、天下のタクミと世にうたわれる名人になる見込みのある奴だが、まだ若いな。一時の恥は、長生きすればそそがれるぞ」

「よけいなことは、もう、よしてくれ。オレはここへ来たときから、生きて帰ることは忘れていたのさ」

アナマロはあきらめた。すると、にわかに冷淡だった。

「オレにつづいて参れ」

彼は先に立ってズンズン歩いた。

奥の庭へみちびかれた。縁先《えんさき》の土の上にムシロがしかれていた。それがオレの席であった。

☆

オレと向かい合わせにエナコが控えていた。後手にいましめられて、じかに土の上に坐っていた。

オレの跫音《あしおと》をききつけて、エナコは首をあげた。そして、いましめを解けば跳びかかる犬のようにオレを睨んで目を放さなかった。小癪《こしゃく》な奴め、とオレは思った。

「耳を斬り落とされたオレが女を憎むならワケは分かるが、女がオレを憎むとはワケが分からないな」

こう考えてオレはふと気がついたが、耳の痛みがとれてからは、この女を思いだしたこともなかった。

「考えてみるとフシギだな。オレのようなカンシャク持ちが、オレの耳を斬り落とした女を咒《のろ》わないとは奇妙なことだ。オレは誰かに耳を斬り落とされたことは考えても、斬り落としたのがこの女だと考えたことはめッたにない。あべこべに、女の奴めがオ

「小癪な女一匹をオレを仇《かたき》のように憎みきっているというのが腑《ふ》に落ちないぞ」

オレの呪いの一念はあげて魔神を刻むことにこめられているから、小癪な女一匹を考えるヒマがなかったのだろう。オレは十五の歳に仲間の一人に屋根から突き落とされて手と足の骨を折ったことがある。この仲間はササイなことでオレに恨《うら》みを持っていたのだ。オレは骨を折ったので三ヵ月ほど大工の仕事はできなかったが、親方はオレがたった一日といえども仕事を休むことを許さなかった。オレは片手と片足で、欄《らん》間《ま》のホリモノをきざまなければならなかった。骨折の怪我《けが》というものは、夜も眠ることができないほど痛むものだ。オレは泣き泣きノミをふるッていたが、泣き泣き眠ることができない長夜の苦しみよりも、泣き泣き仕事する日中の凌《しの》ぎよいことが分かってきた。折からの満月を幸いに、夜中に起きてノミをふるい、痛さに堪《た》えかねて悶《もだ》え泣いたこともあったし、手をすべらせてモモにノミを突きたててしまったこともあったが、苦しみに超えたものは仕事だけだということを、あの時ほどマザマザと思い知らされたことはない。片手片足でほった欄間だが、両手両足が使えるようになってから眺め直して、特に手を入れる必要もなかった。

その時のことが身にしみているから、片耳を斬り落とされた痛みぐらいは、仕事の励みになっただけだ。今に思い知らせてやるぞと考えた。そして、いやが上にも怖ろしい魔神の姿を思いめぐらしてゾクゾクしたが、思い知らせてやるのがこの女だとは考えたことがなかったようだ。

「オレが女を咒わないのは、ワケが分かるフシもあるような気がするが、女がオレを仇のように憎むのはワケが分からない。ひょッとすると、長者があんなことを云ったから、オレが女をほしがっていると思って咒っているのかも知れないな」

こう考えると、ワケが分かってきたように思われた。そこでムラムラと怒りがこみあげた。バカな女め。キサマ欲しさに仕事をするオレと思うか。連れて帰れと云われても、肩に落ちた毛虫のように手で払って捨てて行くだけのことだ。こう考えたから、オレの心は落ち附いた。

「耳男《みみお》をつれて参りました」

アナマロが室内に向かって大声で叫んだ。するとスダレの向こうに気配があって、着席した長者が云った。

「アナマロはあるか」

「これにおります」

「耳男に沙汰を申し伝えよ」

「かしこまりました」

アナマロはオレを睨みつけて、次のように申し渡した。

「当家の女奴隷が耳男の片耳をそぎ落としたときこえては、ヒダのタクミ一同にも、ヒダの国人一同にも申し訳が立たない。よってエナコを死罪に処するが、耳男が仇をうけた当人だから、耳男の斧で首を打たせる。耳男、うて」

オレはこれをきいて、エナコがオレを仇のように睨むのは道理と思った。この疑いがはれてしまえば、あとは気にかかるものもない。オレは云ってやった。

「御親切は痛みいるが、それには及びますまい」

「うてぬか」

オレはスックと立ってみせた。斧をとってズカズカと進み、エナコの直前で一睨み、凄みをきかせて睨みつけてやった。

エナコの後へまわると、斧を当てて縄をブッブッ切った。そして、元の座へさッさと戻ってきた。オレはわざと何も言わなかった。

アナマロが笑って云った。

「エナコの死に首よりも生き首がほしいか」

これをきくとオレの顔に血がのぼった。

「たわけたことを。虫ケラ同然のハタ織女《おりめ》にヒダの耳男はてんでハナもひッかけやしねえや。東国の森に棲む虫ケラに耳をかまれただけだと思えば腹も立たない道理じゃないか。虫ケラの死に首も生き首も欲しかアねえや」

こう喚《わめ》いてやったが、顔がまッかに染まり汗が一時に溢れでたのは、オレの心を裏切るものであった。

顔が赤く染まって汗が溢れでたのは、この女の生き首が欲しい下心のせいではなかった。オレを憎むワケがあるとは思われぬのに女がオレを仇のように睨んでいるから、さてはオレが女をわが物にしたい下心でもあると見て咒っているのだなと考えた。そして、バカな奴め。キサマを連れて帰れと云われても、肩に落ちた毛虫のように払い落として帰るだけだと考えていた。

有りもせぬ下心を疑《うたぐ》られては迷惑だとかねて甚《はなは》だ気にかけていたことを、思いもよらずアナマロの口からきいたから、オレは虚をつかれて、うろたえてしまったのだ。一度うろたえてしまうと、それを恥じたり気に病んだりして、オレの顔は益々《ますます》熱く燃え、汗は滝の如《ごと》くに湧き流れるのはいつもの例であった。

「こまったことだ。残念なことだ。こんなに汗をビッショリかいて慌ててしまえば、まるでオレの下心がたしかにそうだと白状しているように思われてしまうばかりだ」

こう考えて、オレは益々うろたえた。額から汗の玉がポタポタとしたたり落ちて、いつやむ気色もなくなってしまった。オレは観念して目を閉じた。オレにとってこの赤面と汗はマトモに抵抗しがたい大敵であった。観念の眼をとじてつとめて無心にふける以外に汗の雨ダレを食いとめる手段がなかった。

そのとき、ヒメの声がきこえた。

「スダレをあげて」

そう命じた。たぶん侍女もいるのだろうが、オレは目を開けて確かめるのを控えた。一時も早く汗の雨ダレを食いとめるには、見たいものも見てはならぬ。オレはもう一度ジックリとヒメの顔が見たかったのだ。

「耳男よ。目をあけて。そして、私の問いに答えて」

と、ヒメが命じた。オレはシブシブ目をあけた。スダレはまかれて、ヒメは縁に立っていた。

「お前、エナコに耳を斬り落とされても、虫ケラにかまれたようだッて？　ほんとうにそう？」

無邪気な明るい笑顔だとオレは思った。オレは大きくうなずいて、

「ほんとうにそうです」と答えた。

「あとでウソだとおっしゃッてはダメよ」

「そんなことは言いやしません。虫ケラだと思っているから、死に首も、生き首もマッピラでさア」

ヒメはニッコリうなずいた。ヒメはエナコに向かって云った。

「エナコよ。耳男の片耳もかんでおやり。虫ケラにかまれても腹が立たないそうですから、存分にかんであげるといいわ。虫ケラの歯を貸してあげます。なくなったお母様の形見の品の一ツだけど、耳男の耳をかんだあとではお前にあげます」

ヒメは懐剣をとって侍女に渡した。侍女はそれをささげてエナコの前に差し出した。

オレはエナコがよもやそれを受けとるとは考えていなかった。斧でクビを斬る代わりにイマシメの縄をきりはらってやったオレの耳を斬る刀だ。

しかし、エナコは受けとった。なるほど、ヒメの与えた刀なら受けとらぬワケには

ゆくまいが、よもやそのサヤは払うまいとまたオレは考えた。
可憐《かれん》なヒメは無邪気にイタズラをたのしんでいる。その明るい笑顔を見るがよい。虫も殺さぬ笑顔とは、このことだ。イタズラをたのしむ亢奮《こうふん》もなければ、何かを企む翳《かげ》りもない。童女そのものの笑顔であった。

オレはこう思った。問題は、エナコが巧みな言葉で手に受けた懐剣をヒメに返すことができるかどうか、ということだ。まんまと懐剣をせしめることができるほど巧みな言葉を思いつけば、尚のこと面白い。それに応じて、オレがうまいこと警句《けいく》の一ツも合わせることができれば、この上もなしであろう。ヒメは満足してスダレをおろすに相違ない。

オレがこう考えたのは、あとで思えばフシギなことだ。なぜなら、ヒメはエナコに懐剣を与えて、オレの耳を斬れと命じているのだし、オレが片耳を失ったのもその大《おお》本《もと》はと云えばヒメからではないか。そして、オレが怖ろしい魔神の像をきざんでやるぞと心をきめたのもヒメのため。その像を見ておどろく人もまずヒメでなければならぬはずだ。そのヒメがエナコに懐剣を与えてオレの耳を斬り落とせと命じているのに、オレがそれを幸福な遊びのひとときだとふと考えていたのは、思えばフシギなことであった。ヒメの冴《さ》え冴《ざ》えとした笑顔、澄んだツブラな目のせいであろうか。オレは夢を見たようにフシギでならぬ。

オレはエナコが刀のサヤを払うまいと思ったから、その思いを目にこめてウットリとヒメの笑顔に見とれた。思えばこれが何よりの不覚、心の隙であったろう。オレがすさまじい気魄《きはく》に気がついて目を転じたとき、すでにエナコはズカズカとオレの目の前に進んでいた。

シマッタ！　とオレは思った。エナコはオレの鼻先で懐剣のサヤを払い、オレの耳の尖《さき》をつまんだ。

オレは他の全てを忘れて、ヒメを見た。ヒメの言葉があるはずだ。エナコに与えるヒメの言葉が。あの冴え冴えと澄んだ童女の笑顔から当然ほとばしる鶴《つる》の一声が。

オレは茫然《ぼうぜん》とヒメの顔を見つめた。冴えた無邪気な笑顔を。ツブラな澄みきった目を。そしてオレは放心した。このようにしているうちに順を追うてオレの耳が斬り落とされるのをオレはみんな知っていたが、オレの目はヒメの顔を見つめたままどうすることもできなかったし、オレの心は目にこもる放心が全部であった。オレは耳をそぎ落とされたのちも、ヒメをボンヤリ仰《あお》ぎ見ていた。

オレの耳がそがれたとき、オレはヒメのツブラな目が生き生きとまるく大きく冴えるのを見た。ヒメの頬にやや赤みがさした。軽い満足があらわれて、すぐさま消えた。すると笑いも消えていた。ひどく真剣な顔だった。考え深そうな顔でもあった。なんだ、これで全部か、とヒメは怒っているように見えた。すると、ふりむいて、ヒメは物も云わず立ち去ってしまった。

ヒメが立ち去ろうとするとき、オレの目に一粒ずつの大粒の涙がたまっているのに気がついた。

☆

それからの足かけ三年というものは、オレの戦いの歴史であった。

オレは小屋にとじこもってノミをふるッていただけだが、オレがノミをふるう力は、オレの目に残るヒメの笑顔に押されつづけていた。オレはそれを押し返すために必死に戦わなければならなかった。

オレがヒメに自然に見とれてしまったことは、オレがどのようにあがいても所詮勝《かち》味《み》がないように思われたが、オレは是が非でも押し返して、怖ろしいモノノケの像をつくらなければとあせった。

オレはひるむ心が起こったとき水を浴びることを思いついた。十パイ二十パイと気が遠くなるほど水を浴びた。また、ゴマをたくことから思いついて、オレは松ヤニをいぶした。また足のウラの土フマズに火を当てて焼いた。それらはすべてオレの心をふるい起こして、襲いかかるように仕事にはげむためであった。

オレの小屋のまわりはジメジメした草むらで無数の蛇の棲み家だから、小屋の中にも蛇は遠慮なくもぐりこんできたが、オレはそれをひッさいて生き血をのんだ。そして蛇の死体を天井から吊るした。蛇の怨霊《おんりょう》がオレにのりうつり、また仕事にものりうつれとオレは念じた。

オレは心のひるむたびに草むらにでて蛇をとり、ひッさいて生き血をしぼり、一息に呷《あお》って、のこるのを造りかけのモノノケの像にしたたらせた。

日に七匹、また十匹ととったから、一夏を終わらぬうちに、小屋のまわりの草むらの蛇は絶えてしまった。オレは山に入って日に一袋の蛇をとった。

小屋の天井は吊るした蛇の死体で一パイになった。ウジがたかり、ムンムンと臭気がたちこめ、風にゆれ、冬がくるとカサカサと風に鳴った。

吊るした蛇がいッせいに襲いかかってくるような幻を見ると、オレはかえって力がわいた。蛇の怨霊がオレにこもって、オレが蛇の化身《けしん》となって生まれ変わった気がしたからだ。そして、こうしなければ、オレは仕事をつづけることができなかったのだ。

オレはヒメの笑顔を押し返すほど力のこもったモノノケの姿を造りだす自信がなかったのだ。オレの力だけでは足りないことをさとっていた。それと戦う苦しさに、いッそ気が違ってしまえばよいと思ったほどだ。オレの心がヒメにとりつく怨霊になればよいと念じもした。しかし、仕事の急所に刻みかかると、必ず一度はヒメの笑顔に押されているオレのヒルミに気がついた。

三年目の春がきたとき、七分通りできあがって仕上げの急所にかかっていたから、オレは蛇の生き血に飢えていた。オレは山にわけこんで兎や狸《たぬき》や鹿をとり、胸をさいて生き血をしぼり、ハラワタをまきちらした。クビを斬り落として、その血を像にしたたらせた。

「血を吸え。そして、ヒメの十六の正月にイノチが宿って生きものになれ。人を殺して生き血を吸う鬼となれ」

それは耳の長い何ものかの顔であるが、モノノケだか、魔神だか、死神だか、鬼だか、怨霊だか、オレにも得体が知れなかった。オレはただヒメの笑顔を押し返すだけの力のこもった怖ろしい物でありさえすれば満足だった。

秋の中ごろにチイサ釜が仕事を終えた。また秋の終わりには青ガサも仕事を終えた。オレは冬になって、ようやく像を造り終えた。しかし、それをおさめるズシにはまだ手をつけていなかった。

ズシの形や模様はヒメの調度にふさわしい可愛いものに限ると思った。扉をひらくと現れる像の凄味をひきたてるには、あくまで可憐な様式にかぎる。

オレはのこされた短い日数のあいだ寝食も忘れがちにズシにかかった。そしてギリギリの大晦日《おおみそか》の夜までかかって、ともかく仕上げることができた。手のこんだ細工はできなかったが、扉には軽く花鳥をあしらった。豪奢《ごうしゃ》でも華美《かび》でもないが、素朴なところにむしろ気品が宿ったように思った。

深夜に人手をかりて運びだして、チイサ釜と青ガサの作品の横へオレの物を並べた。オレはとにかく満足だった。オレは小屋へ戻ると、毛皮をひッかぶって、地底へひきずりこまれるように眠りこけた。

☆

オレは戸を叩く音に目をさました。夜が明けている。陽はかなり高いようだ。そうか。今日がヒメの十六の正月か、とオレはふと思いついた。戸を叩く音は執拗《しつよう》につづいた。オレは食物を運んできた女中だと思ったから、

「うるさいな。いつものように、だまって外へ置いて行け。オレには新年も元日もありやしねえ。ここだけは娑婆《しゃば》がちがうということをオレが口をすッぱくして言って聞かせてあるのが、三年たってもまだ分からないのか」

「目がさめたら、戸をおあけ」

「きいた風なことを言うな。オレが戸を開けるのは目がさめた時じゃアねえや」

「では、いつ、あける？」

「外に人がいない時だ」

「それは、ほんとね？」

オレはそれをきいたとき、忘れることのできない特徴のあるヒメの抑揚《よくよう》をききつけて、声の主はヒメその人だと直覚した。にわかにオレの全身が恐怖のために凍ったよ

うに思った。どうしてよいのか分からなくて、オレはウロウロとむなしく時間を費やした。

「私がいるうちに出ておいで。出てこなければ、出てくるようにしてあげますよ」

静かな声がこう云った。ヒメが侍女に命じて戸の外に何か積ませていたのをオレはさとっていたが、火打石《ひうちいし》をうつ音に、それは枯れ柴だと直感した。オレははじかれたように戸口へ走り、カンヌキを外して戸をあけた。

戸があいたのでそこから風が吹きこむように、ヒメはニコニコと小屋の中へはいってきた。オレの前を通りこして、先に立って中へはいった。

三年のうちにヒメのカラダは見ちがえるようにオトナになっていた。顔もオトナになっていたが、無邪気な明るい笑顔だけは、三年前と同じように澄みきった童女のものであった。

侍女たちは小屋の中をみてたじろいだ。ヒメだけはたじろいだ気色がなかった。ヒメは珍しそうに室内を見まわし、また天井を見まわした。蛇は無数の骨となってぶらさがっていたが、下にも無数の骨が落ちてくずれていた。

「みんな蛇ね」

ヒメの笑顔に生き生きと感動がかがやいた。ヒメは頭上に手をさしのばして垂れ下がっている蛇の白骨の一ツを手にとろうとした。その白骨はヒメの肩に落ちくずれた。それを軽く手で払ったが、落ちた物には目もくれなかった。一ツ一ツが珍しくて、一ツの物に長くこだわっていられない様子に見えた。

「こんなことを思いついたのは、誰なの？　ヒダのタクミの仕事場がみんなこうなの？　それとも、お前の仕事場だけのこと？」

「たぶん、オレの小屋だけのことでしょう」

ヒメはうなずきもしなかったが、やがて満足のために笑顔は冴えかがやいた。三年昔、オレが見納めにしたヒメの顔は、にわかに真剣にひきしまって退屈しきった顔であったが、オレの小屋では笑顔の絶えることがなかった。

「火をつけなくてよかったね。燃やしてしまうとこれを見ることができなかったわ」

ヒメは全てを見終わると満足して呟《つぶや》いたが、

「でも、もう、燃やしてしまうがよい」

侍女に枯れ柴をつませて火をかけさせた。小屋が煙につつまれ、一時にどッと燃えあがるのを見とどけると、ヒメはオレに云った。

「珍しいミロクの像をありがとう。他の二ツにくらべて、百層倍も、千層倍も、気に入りました。ゴホービをあげたいから、着物をきかえておいで」

明るい無邪気な笑顔であった。オレの目にそれをのこしてヒメは去った。オレは侍女にみちびかれて入浴し、ヒメが与えた着物にきかえた。そして、奥の間へみちびかれた。

オレは恐怖のために、入浴中からウワの空であった。いよいよヒメに殺されるのだとオレは思った。

オレはヒメの無邪気な笑顔がどのようなものであるかを思い知ることができた。エナコがオレの耳を斬り落とすのを眺めていたのもこの笑顔だし、オレの小屋の天井からぶらさがった無数の蛇を眺めていたのもこの笑顔だ。オレの耳を斬り落とせとエナコに命じたのもこの笑顔であるが、エナコのクビをオレの斧で斬り落とせと沙汰のでたのも、実はこの笑顔がそれを見たいと思ったからに相違ない。

あのとき、アナマロが早くここを逃げよとオレにすすめて、長者も内々オレがここから逃げることを望んでおられると言ったが、まさしく思い当たる言葉である。この笑顔に対しては、長者も施《ほどこ》す術《すべ》がないのであろう。ムリもないとオレは思った。

人の祝う元日に、ためらう色もなくわが家の一隅《いちぐう》に火をかけたこの笑顔は、地獄の火も怖れなければ、血の池も怖れることがなかろう。ましてオレが造ったバケモノなぞは、この笑顔が七ツ八ツのころのママゴト道具のたぐいであろう。

「珍しいミロクの像をありがとう。他のものの百層倍、千層倍も、気に入りました」

という ヒメの言葉を思いだすと、オレはその怖ろしさにゾッとすくんだ。

オレの造ったあのバケモノになんの凄味があるものか。人の心をシンから凍らせるまことの力は一ツもこもっていないのだ。

本当に怖ろしいのは、この笑顔だ。この笑顔こそは生きた魔神も怨霊も及びがたい真に怖ろしい唯一の物であろう。

オレは今に至ってようやくこの笑顔の何たるかをさとったが、三年間の仕事の間、怖ろしい物を造ろうとしていつもヒメの笑顔に押されていたオレは、分からぬながらも心の一部にそれを感じていたのかも知れない。真に怖ろしいものを造るためなら、この笑顔に押されるのは当たり前の話であろう。真に怖ろしいものは、この笑顔にまさるものはないのだから。

今生の思い出に、この笑顔を刻み残して殺されたいとオレは考えた。オレにとっては、ヒメがオレを殺すことはもはや疑う余地がなかった。それも、今日、風呂からあがって奥の間へみちびかれて匆々《そうそう》にヒメはオレを殺すであろう。蛇のようにオレを裂いて逆さに吊るすかも知れないと思った。そう思うと恐怖に息の根がとまりかけて、オレは思わず必死に合掌《がっしょう》の一念であったが、真に泣き悶えて合掌したところで、あの笑顔が何を受けつけてくれるものでもあるまい。

この運命をきりぬけるには、ともかくこの一ツの方法があるだけだとオレは考えた。それはオレのタクミとしての必死の願望にもかなっていた。とにかくヒメに頼んでみようとオレは思った。そして、こう心がきまると、オレはようやく風呂からあがることができた。

オレは奥の間へみちびかれた。長者がヒメをしたがえて現れた。オレは挨拶ももどかしく、ヒタイを下にすりつけて、必死に叫んだ。オレは顔をあげる力がなかったのだ。

「今生のお願いでございます。お姫サマのお顔お姿を刻ませて下さいませ。それを刻み残せば、あとはいつ死のうとも悔いはございません」

意外にもアッサリと長者の返答があった。

「ヒメがそれに同意なら、願ってもないことだ。ヒメよ。異存《いぞん》はないか」

それに答えたヒメの言葉もアッサリと、これまた意外千万《いがいせんばん》であった。

「私が耳男にそれを頼むつもりでしたの。耳男が望むなら申し分ございません」

「それは、よかった」

長者は大そう喜んで思わず大声で叫んだが、オレに向かって、やさしく云った。

「耳男よ。顔をあげよ。三年の間、御苦労だった。お前のミロクは皮肉の作だが、彫りの気魄《きはく》、凡手《ぼんしゅ》の作ではない。ことのほかヒメが気に入ったようだから、それだけでオレは満足のほかにつけ加える言葉はない。よく、やってくれた」

長者とヒメはオレに数々のヒキデモノをくれた。そのとき、長者がつけ加えて、言った。

「ヒメの気に入った像を造った者にはエナコを与えると約束したが、エナコは死んでしまったから、この約束だけは果たしてやれなくなったのが残念だ」

すると、それをひきとって、ヒメが言った。

「エナコは耳男の耳を斬り落とした懐剣でノドをついて死んでいたのよ。血にそまったエナコの着物は耳男がいま下着にして身につけているのがそれよ。身代わりに着せてあげるために、男物に仕立て直しておいたのです」

オレはもうこれしきのことでは驚かなくなっていたが、長者の顔が蒼《あお》ざめた。ヒメはニコニコとオレを見つめていた。

☆

そのころ、この山奥にまでホーソーがはやり、あの村にも、この里にも、死ぬ者がキリもなかった。疫病はついにこの村にも押し寄せたから、家ごとに疫病除けの護符《ごふ》をはり、白昼もかたく戸を閉ざして、一家ヒタイを集めて日夜神仏に祈っていたが、悪魔はどの隙間から忍びこんでくるものやら、日ましに死ぬ者が多くなる一方だった。

長者の家でも広い邸内の雨戸をおろして家族は日中も息を殺していたが、ヒメの部屋だけは、ヒメが雨戸を閉めさせなかった。

「耳男の造ったバケモノの像は、耳男が無数の蛇を裂き殺して逆さ吊りにして、生き血をあびながら咒いをこめて刻んだバケモノだから、疫病よけのマジナイぐらいにはなるらしいわ。ほかに取り得《え》もなさそうなバケモノだから、門の外へ飾ってごらん」

ヒメは人に命じて、ズシごと門前へすえさせた。長者の邸には高楼《こうろう》があった。ヒメは時々高楼にのぼって村を眺めたが、村はずれの森の中に死者をすてに行くために運ぶ者の姿を見ると、ヒメは一日は充《み》ち足りた様子であった。

オレは青ガサが残した小屋で、今度こそヒメの持仏のミロクの像に精魂かたむけていた。ホトケの顔にヒメの笑顔をうつすのがオレの考えであった。

この邸内で人間らしくうごいているのは、ヒメとオレの二人だけであった。ミロクにヒメの笑顔をうつして持仏を刻んでいるときいてヒメは一応満足の風ではあったが、実はオレの仕事を気にかけている様子はなかった。ヒメはオレの仕事のはかどりを見に来たことはついぞなかった。小屋に姿を現すのは、死者を森へすてに行く人群れを見かけたときにきまっていた。特にオレを選んでそれをきかせに来るのではなく、邸内の一人一人にもれなく聞かせてまわるのがヒメのたのしみの様子であった。

「今日も死んだ人があるのよ」

それをきかせるときも、ニコニコとたのしそうであった。ついでに仏像の出来ぐあいを見て行くようなことはなかった。それには一目もくれなかった。そして長くはとどまらなかった。

オレはヒメになぶられているのではないかと疑っていた。さりげない風を見せているが、実はやっぱり元日にオレを殺すつもりであったに相違ないとオレは時々考えた。なぜなら、ヒメはオレの造ったバケモノを疫病よけに門前へすえさせたとき、

「耳男が無数の蛇を裂き殺して逆さに吊り、蛇の生き血をあびながら咒いをかけて刻んだバケモノだから、疫病よけのマジナイぐらいにはなりそうね。ほかに取り得もなさそうですから、門の前へ飾ってごらん」

と云ったそうだ。オレはそれを人づてにきいて、思わずすくんでしまったものだ。オレが咒いをかけて刻んだことまで知りぬいていて、オレを生かしておくヒメが怖ろしいと思った。三人のタクミの作からオレの物を選んでおいて、疫病よけのマジナイにでも使うほかに取り得もなさそうだとシャアシャアと言うヒメの本当の腹の底が怖ろしかった。オレにヒキデモノを与えた元日には、ヒメの言葉に長者まで蒼ざめてしまった。ヒメの本当の腹の底は、父の長者にも量りかねるのであろう。ヒメがそれを行う時まで、ヒメの心は全ての人に解きがたい謎であろう。いまはオレを殺すことが念頭になくとも、元日にはあったかも知れないし、また明日はあるかも知れない。ヒ

メがオレの何かに興味をもったということは、オレがヒメにいつ殺されてもフシギではないということであろう。

オレのミロクはどうやらヒメの無邪気な笑顔に近づいてきた。ツブラな目。尖端《せんたん》に珠玉《しゅぎょく》をはらんだようなミズミズしいまるみをおびた鼻。だが、そのような顔のかたちは特に技術を要することではない。オレが精魂かたむけて立ち向かわねばならぬものは、あどけない笑顔の秘密であった。一点の翳りもなく冴えた明るい無邪気な笑顔。そこには血を好む一筋のキザシも示されていない。魔神に通じるいかなる色も、いかなる匂いも示されていない。ただあどけない童女のものが笑顔の全てで、どこにも秘密のないものだった。それがヒメの笑顔の秘密であった。

「ヒメの顔は、形のほかに何かが匂っているのかも知れないな。黄金をしぼった露で産湯をつかったからヒメのからだは生まれながらにかがやいて黄金の匂いがすると云われているが、俗の眼はむしろ鋭く秘密を射当てることがあるものだ。ヒメの顔をつつんでいる目に見えぬ匂いを、オレのノミが刻みださなければならないのだな」

オレはそんなことを考えた。

そして、このあどけない笑顔がいつオレを殺すかも知れない顔だと考えると、その怖れがオレの仕事の心棒《しんぼう》になった。ふと手を休めて気がつくと、その怖れが、だきしめても足りないほどなつかしく心にしみる時があった。

ヒメがオレの小屋へ現れて、

「今日も人が死んだわ」

と云うとき、オレは何も言うことがなくて、概《おお》ねヒメの笑顔を見つめているばかりであった。

オレはヒメの本心を訊《き》いてみたいとは思わなかった。俗念は無益なことだ。ヒメに本心があるとすれば、あどけない笑顔が、そして匂いが全てなのだ。すくなくともタクミにとってはそれが全てであるし、オレの現身《うつしみ》にとってもそれが全てであろう。三年昔、オレがヒメの顔に見とれたときから、それが全部であることがすでに定められたようなものだった。

どうやらホーソー神が通りすぎた。この村の五分の一が死んでいた。長者の邸には多数の人々が住んでいるのに、一人も病人がでなかったから、オレの造ったバケモノが一躍《いちやく》村人に信心された。

長者がまッさきに打ちこんだ。

「耳男があまたの蛇を生き裂きにして逆さ吊りにかけ生き血をあびながら咒いをこめて造ったバケモノだから、その怖ろしさにホーソー神も近づくことができないのだな」

ヒメの言葉をうけうりして吹聴《ふいちょう》した。

バケモノは山上の長者の邸の門前から運び降ろされて、山の下の池のフチの三ツ又のにわか造りのホコラの中に鎮座した。遠い村から拝みにくる人も少なくなかった。そしてオレはたちまち名人ともてはやされたが、その上の大評判をとったのは夜長ヒメであった。オレの手になるバケモノが間に合って長者の一家を護《まも》ったのもヒメの力によるというのだ。尊い神がヒメの生き身に宿っておられる。尊い神の化身であるという評判がたちまち村々へひろがった。

山下のホコラへオレのバケモノを拝みにきた人々のうちには、山上の長者の邸の門前へきてぬかずいて拝んで帰る者もあったし、門前へお供え物を置いて行く者もあった。

ヒメはお供え物のカブや菜ッ葉をオレに示して、言った。

「これはお前がうけた物よ。おいしく煮てお食べ」

ヒメの顔はニコニコとかがやいていた。オレはヒメがからかいに来たと見て、ムッとした。そして答えた。

「天下名題《なだい》のホトケを造ったヒダのタクミはたくさんおりますが、お供え物をいただいた話はききませんや。生き神様のお供え物にきまっているから、おいしく煮ておあがり下さい」

ヒメの笑顔はオレの言葉にとりあわなかった。ヒメは言った。

「耳男よ。お前が造ったバケモノはほんとうにホーソー神を睨み返してくれたのよ。私は毎日楼の上からそれを見ていたわ」

オレは呆れてヒメの笑顔を見つめた。しかし、ヒメの心はとうてい量りがたいものであった。

ヒメはさらに云った。

「耳男よ。お前が楼にあがって私と同じ物を見ていても、お前のバケモノがホーソー神を睨み返してくれるのを見ることができなかったでしょうよ。お前の小屋が燃えたときから、お前の目は見えなくなってしまったから。そして、お前がいまお造りのミロクには、お爺さんやお婆さんの頭痛をやわらげる力もないわ」

ヒメは冴え冴えとオレを見つめた。そして、ふりむいて立ち去った。オレの手にカブと菜ッ葉がのこっていた。

オレはヒメの魔法にかけられてトリコになってしまったように思った。怖ろしいヒメだと思った。たしかに人力を超えたヒメかも知れぬと思った。しかし、オレがいま造っているミロクには爺さん婆さんの頭痛をやわらげる力もないとは、どういうことだろう。

「あのバケモノには子供を泣かせる力もないが、ミロクには何かがあるはずだ。すくなくともオレという人間のタマシイがそッくり乗りうつッているだろう」

オレは確信をもってこう云えるように思ったが、オレの確信の根元からゆりうごかしてくずすものはヒメの笑顔であった。オレが見失ってしまったものが確かにどこかにあるようにも思われて、たよりなくて、ふと、たまらなく切ない思いを感じるようになってしまった。

☆

ホーソー神が通りすぎて五十日もたたぬうちに、今度はちがった疫病が村をこえ里をこえて渡ってきた。夏がきて、熱い日ざかりがつづいていた。

また人々は日ざかりに雨戸をおろして神仏に祈ってくらした。しかし、ホーソー神の通るあいだ畑を耕していなかったから、今度も畑を耕さないと食べる物が尽きていた。そこで百姓はおののきながら野良へでてクワを振りあげ振りおろしたが、朝は元気で出たのが、日ざかりの畑でキリキリ舞いをしたあげく、しばらく畑を這《は》いまわってことぎれる者も少なくなかった。

山の下の三ツ又のバケモノのホコラを拝みにきて、ホコラの前で死んでいた者もあった。

「尊いヒメの神よ。悪病を払いたまえ」

長者の門前へきて、こう祈る者もあった。

長者の邸も再び日ざかりに雨戸をとざして、人々は息をころして暮らしていた。ヒメだけが雨戸をあけ、時に楼上《ろうじょう》から山下の村を眺めて、死者を見るたびに邸内の全ての者にきかせて歩いた。

オレの小屋へきてヒメが云った。

「耳男よ。今日は私が何を見たと思う?」

ヒメの目がいつもにくらべて輝きが深いようでもあった。ヒメは云った。

「バケモノのホコラへ拝みにきて、ホコラの前でキリキリ舞いをして、ホコラにとりすがって死んだお婆さんを見たのよ」

オレは云ってやった。

「あのバケモノの奴も今度の疫病神は睨み返すことができませんでしたかい」

ヒメはそれにとりあわず、静かにこう命じた。

「耳男よ。裏の山から蛇をとっておいで。大きな袋にいっぱい」

こう命じたが、オレはヒメに命じられては否応《いやおう》もない。黙って意のままに動くことしかできないのだ。その蛇で何をするつもりだろうという疑いも、ヒメが立ち去ってからでないとオレの頭に浮かばなかった。

オレは裏の山にわけこんで、あまたの蛇をとった。去年の今ごろも、そのまた前の年の今ごろも、オレはこの山で蛇をとったが、となつかしんだが、そのときオレはふと気がついた。

去年の今ごろも、そのまた前の年の今ごろも、オレが蛇とりにこの山をうろついていたのは、ヒメの笑顔に押されてひるむ心をかきたてようと悪戦苦闘しながらであった。ヒメの笑顔に押されたときには、オレの造りかけのバケモノが腑抜けのように見えた。ノミの跡の全てがムダにしか見えなかった。そして腑抜けのバケモノを再びマトモに見直す勇気が湧くまでには、この山の蛇の生き血を飲みほしても足りないのではないかと怯《おび》えつづけていたものだった。

そのころに比べると、いまのオレはヒメの笑顔に押されるということがない。イヤ、押されてはいるかも知れぬが、押し返さねばならぬという不安な戦いはない。ヒメの笑顔が押してくるままの力を、オレのノミが素直に表すことができればよいという芸本来の三昧境《さんまいきょう》にひたっているだけのことだ。

いまのオレは素直な心に立っているから、いま造りかけのミロクにもわが身の拙《つたな》さを嘆く思いは絶えるまもないが、バケモノが腑抜けに見えたほど見るも無慚《むざん》な嘆きはなかった。バケモノを刻むノミの跡は、ヒメの笑顔に押されては、すべてがムダなものにしか見えなかったものであった。

いまのオレはともかく心に安らぎを得て、素直に芸と戦っているから、去年のオレも今年のオレも変わりがないように思っていたが、大そう変わっているらしいな、ということをふと考えた。そして今年のオレの方がすべてにおいて立ちまさっていると思った。

オレは大きな袋にいっぱい蛇をつめて戻った。そのふくらみの大きさにヒメの目は無邪気にかがやいた。ヒメは云った。

「袋をもって、楼へ来て」

楼へ登った。ヒメは下を指して云った。

「三ツ又の池のほとりにバケモノのホコラがあるでしょう。ホコラにすがりついて死んでいる人の姿が見えるでしょう。お婆さんよ。あそこまで辿りついてちょッと拝んでいたと思うと、にわかに立ち上がってキリキリ舞いをはじめたのよ。それからヨタヨタ這いまわって、やっとホコラに手をかけたと思うと動かなくなってしまったわ」

ヒメの目はそこにそそがれて動かなかった。さらにヒメは下界の諸方《しょほう》に目を転じて飽かず眺めふけった。そして、呟いた。

「野良にでて働く人の姿が多いわ。ホーソーの時には野良にでている人の姿が見られなかったものでしたのに。バケモノのホコラへ拝みに来て死ぬ人もあるのに、野良の人々は無事なのね」

オレは小屋にこもって仕事にふけっているだけだから、邸内の人々ともほとんど交渉がなかったし、まして邸外とは交渉がなかった。だから村里を襲っている疫病の怖ろしい噂を時たま聞くことがあっても、オレにとっては別天地の出来事で、身にしみる思いに打たれたことはなかった。オレのバケモノが魔よけの神様にまつりあげられ、オレが名人ともてはやされていると聞いても、それすらも別天地の出来事であった。

オレははじめて高楼から村を眺めた。それは裏の山から村を見下ろす風景の距離をちぢめただけのものだが、バケモノのホコラにすがりついて死んでいる人の姿を見ると、それもわが身にかかわりのないソラゾラしい眺めながらも、人里の哀れさが目にしみもした。あんなバケモノが魔よけの役に立たないのは分かりきっているのに、そのホコラにすがりついて死ぬ人があるとは罪な話だ。いッそ焼き払ってしまえばいいのに、とオレは思った。オレが罪を犯しているような味気ない思いにかられもした。

ヒメは下界の眺めにタンノーして、ふりむいた。そして、オレに命じた。

「袋の中の蛇を一匹ずつ生き裂きにして血をしぼってちょうだい。お前はその血をしぼって、どうしたの？」

「オレはチョコにうけて飲みましたよ」

「十四も、二十四も？」

「一度にそうは飲めませんが、飲みたくなけりゃそのへんへぶッかけるだけのことですよ」

「そして裂き殺した蛇を天井に吊るしたのね」

「そうですよ」

「お前がしたと同じことをしてちょうだい。生き血だけは私が飲みます。早くよ」

ヒメの命令には従う以外に手のないオレであった。オレは生き血をうけるチョコや、蛇を天井へ吊るすための道具を運びあげて、袋の蛇を一匹ずつ裂いて生き血をしぼり、順に天井へ吊るした。

オレはまさかと思っていたが、ヒメはたじろぐ色もなく、ニッコリと無邪気に笑って、生き血を一息にのみほした。それを見るまではさほどのこととは思わなかったが、その時からはあまりの怖ろしさに、蛇をさく馴《な》れた手までが狂いがちであった。

オレも三年の間、数の知れない蛇を裂いて生き血をのみ死体を天井に逆さ吊りにしたが、オレが自分ですることだから怖ろしいとも異様とも思わなかった。

ヒメは蛇の生き血をのみ、蛇体《じゃたい》を高楼に逆さ吊りにして、何をするつもりなのだろう。目的の善悪がどうあろうとも、高楼にのぼり、ためらう色もなくニッコリと蛇の生き血を飲みほすヒメはあまり無邪気で、怖ろしかった。

ヒメは三匹目の生き血までは一息に飲みほした。四匹目からは屋根や床上へまきちらした。

オレが袋の中の蛇をみんな裂いて吊るし終わると、ヒメは言った。

「もう一ッぺん山へ行って袋にいっぱい蛇をとってきてよ。陽のあるうちは、何べんもよ。この天井にいっぱい吊るすまでは、今日も、明日も、明後日も。早く」

もう一度だけ蛇とりに行ってくると、その日はもうたそがれてしまった。ヒメの笑顔には無念そうな翳がさした。吊るされた蛇と、吊るされていない空間とを、充ち足りたように、また無念げに、ヒメの笑顔はしばし高楼の天井を見上げて動かなかった。

「明日は朝早くから出かけてよ。何べんもね。そして、ドッサリとってちょうだい」

ヒメは心残りげに、たそがれの村を見下ろした。そして、オレに言った。

「ほら。お婆さんの死体を片づけに、ホコラの前に人が集まっているわ。あんなに、たくさんの人が」

ヒメの笑顔はかがやきを増した。

「ホーソーの時は、いつもせいぜい二、三人の人がションボリ死体を運んでいたのに、今度は人々がまだ生き生きとしているのね。私の目に見える村の人々がみんなキリキリ舞いをして死んで欲しいわ。その次には私の目に見えない人たちも。畑の人も、野の人も、山の人も、森の人も、家の中の人も、みんな死んで欲しいわ」

オレは冷水をあびせかけられたように、すくんで動けなくなってしまった。ヒメの声はすきとおるように静かで無邪気であったから、尚のこと、この上もなく怖ろしいものに思われた。ヒメが蛇の生き血をのみ、蛇の死体を高楼に吊るしているのは、村の人々がみんな死ぬことを祈っているのだ。

オレはいたたまらずに一散《いっさん》に逃げたいと思いながら、オレの足はすくんでいたし、心もすくんでいた。オレはヒメが憎いとはついぞ思ったことがないが、このヒメが生きているのは怖ろしいということをその時はじめて考えた。

☆

しらじら明けに、ちゃんと目がさめた。ヒメのいいつけが身にしみて、ちょうどその時間に目がさめるほどオレの心は縛られていた。

オレは心の重さにたえがたかったが、袋を負うて明けきらぬ山へわけこまずにもいられなかった。そして山へわけこむと、オレは蛇をとることに必死であった。少しも早く、少しでも多く、とあせっていた。ヒメの期待に添うてやりたい一念が一途《いちず》にオレをかりたててやまなかった。

大きな袋を負うて戻ると、ヒメは高楼に待っていた。それをみんな吊るし終わると、ヒメの顔はかがやいて、

「まだとても早いわ。ようやく野良へ人々がでてきたばかり。今日は何べんも、何べんも、とってきてね。早く、できるだけ精をだしてね」

オレは黙ってカラの袋を握ると山へ急いだ。オレは今朝からまだ一言もヒメに口をきかなかった。ヒメに向かって物を言う力がなかったのだ。今に高楼の天井いっぱいに蛇の死体がぶらさがるに相違ないが、そのとき、どうなるのだろうと考えると、オレは苦しくてたまらなかった。

ヒメがしていることはオレが仕事小屋でしていたことのマネゴトにすぎないようだが、オレは単純にそう思うわけにはいかなかった。オレがあんなことをしたのは小さな余儀ない必要によってであったが、ヒメがしていることは人間が思いつくことでは

なかった。たまたまオレの小屋を見たからそれに似せているだけで、オレの小屋を見ていなければ、他の何かに似せて同じような怖ろしいことをやっているはずなのだ。しかも、かほどのことも、まだヒメにとっては序の口であろう。ヒメの生涯に、この先なにを思いつき、なにを行うか、それはとても人間どもの思量《しりょう》しうることではない。とてもオレの手に負えるヒメではないし、オレのノミもとうていヒメをつかむことはできないのだとオレはシミジミ思い知らずにいられなかった。

「なるほど。まさしくヒメの言われる通り、いま造っているミロクなんぞはただのチッポケな人間だな。ヒメはこの青空と同じぐらい大きいような気がするな」

あんまり怖ろしいものを見てしまったとオレは思った。こんな物を見ておいて、この先なにを支えに仕事をつづけて行けるだろうかとオレは嘆かずにいられなかった。

二度目の袋を背負って戻ると、ヒメの頬も目もかがやきに燃えてオレを迎えた。ヒメはオレにニッコリと笑いかけながら小さく叫んだ。

「すばらしい！」

ヒメは指して云った。

「ほら、あすこの野良に一人死んでいるでしょう。つい今しがたよ。クワを空高くかざしたと思うと取り落としてキリキリ舞いをはじめたのよ。そしてあの人が動かなくなったと思うと、ほら、あすこの野良にも一人倒れているでしょう。あの人がキリキリ舞いをはじめたのよ。そして、今しがたまで這ってうごめいていたのに」

ヒメの目はそこにジッとそそがれていた。まだうごめきやしないかと期待しているのかも知れなかった。

オレはヒメの言葉をきいているうちに汗がジットリ浮かんできた。怖れとも悲しみともつかない大きなものがこみあげて、オレはどうしてよいのか分からなくなってしまった。オレの胸にカタマリがつかえて、ただハアハアとあえいだ。

そのときヒメの冴えわたる声がオレによびかけた。

「耳男よ。ごらん！　あすこに、ほら！　キリキリ舞いをしはじめた人がいてよ。ほら、キリキリと舞っていてよ。お日さまがまぶしいように。お日さまに酔ったよう」

オレはランカンに駈けよって、ヒメの示す方を見た。長者の邸のすぐ下の畑に、一人の農夫が両手をひろげて、空の下を泳ぐようにユラユラとよろめいていた。カガシに足が生えて、左右にくの字をふみながらユラユラと小さな円を踏み廻っているようだ。バッタリ倒れて、這いはじめた。オレは目をとじて、退いた。顔も、胸も、背中も、汗でいっぱいだった。

「ヒメが村の人間をみな殺しにしてしまう」

オレはそれをハッキリ信じた。オレが高楼の天井いっぱいに蛇の死体を吊るし終えた時、この村の最後の一人が息をひきとるに相違ない。

オレが天井を見上げると、風の吹き渡る高楼だから、何十本もの蛇の死体が調子をそろえてゆるやかにゆれ、隙間からキレイな青空が見えた。閉めきったオレの小屋では、こんなことは見かけることができなかったが、ぶらさがった蛇の死体までがこんなに美しいということは、なんということだろうとオレは思った。こんなことは人間世界のことではないとオレは思った。

オレが逆さ吊りにした蛇の死体をオレの手が斬り落とすか、ここからオレが逃げ去るか、どっちか一ツを選ぶより仕方がないとオレは思った。オレはノミを握りしめた。そして、いずれを選ぶべきかに尚も迷った。そのとき、ヒメの声がきこえた。

「とうとう動かなくなったわ。なんて可愛いのでしょうね。お日さまがうらやましい。日本中の野でも里でも町でも、こんな風に死ぬ人をみんな見ていらッしゃるのね」

それをきいているうちにオレの心が変わった。このヒメを殺さなければ、チャチな人間世界はもたないのだとオレは思った。

ヒメは無心に野良を見つめていた。新しいキリキリ舞いを探しているのかも知れなかった。なんて可憐なヒメだろうとオレは思った。そして、心がきまると、オレはフシギにためらわなかった。むしろ強い力がオレを押すように思われた。

オレはヒメに歩み寄ると、オレの左手をヒメの左の肩にかけ、だきすくめて、右手のキリを胸にうちこんだ。オレの肩はハアハアと大きな波をうっていたが、ヒメは目をあけてニッコリ笑った。

「サヨナラの挨拶をして、それから殺して下さるものよ。私もサヨナラの挨拶をして、胸を突き刺していただいたのに」

ヒメのツブラな瞳はオレに絶えず、笑みかけていた。

オレはヒメの言う通りだと思った。オレも挨拶がしたかったし、せめてお詫びの一言も叫んでからヒメを刺すつもりであったが、やっぱりのぼせて、何も言うことができないうちにヒメを刺してしまったのだ。今さら何を言えよう。オレの目に不覚の涙があふれた。

するとヒメはオレの手をとり、ニッコリとささやいた。

「好きなものは咒うか殺すか争うかしなければならないのよ。お前のミロクがダメなのもそのせいだし、お前のバケモノがすばらしいのもそのためなのよ。いつも天井に蛇を吊るして、いま私を殺したように立派な仕事をして……」

ヒメの目が笑って、とじた。

オレはヒメを抱いたまま気を失って倒れてしまった。

# 少女病

田山花袋

# 一

山手線の朝の七時二十分の上り汽車が、代々木《よよぎ》の電車停留場の崖下を地響きさせて通る頃、千駄谷《せんだがや》の田畝《たんぼ》をてくてくと歩いて行く男がある。この男の通らぬことはいかな日にもないので、雨の日には泥濘《でいねい》の深い田畝道に古い長靴を引きずって行くし、風の吹く朝には帽子を阿弥陀《あみだ》に被って塵埃《じんあい》を避けるようにして通るし、沿道の家々の人は、遠くからその姿を見知って、もうあの人が通ったから、あなたお役所が遅くなりますなどと春眠《しゅんみん》いぎたなき主人を揺り起こす軍人の細君《さいくん》もあるくらいだ。

この男の姿のこの田畝道にあらわれ出したのは、今から二月《ふたつき》ほど前、近郊の地が開けて、新しい家作が彼方《かなた》の森の角、こなたの丘の上に出来上がって、某少将の邸宅、某会社重役の邸宅などの大きな構えが、武蔵野の名残《なごり》の櫟《くぬぎ》の大並木の間からちらちらと画《え》のように見える頃であったが、その櫟の並木の彼方に、貸家建ての家屋が五、六軒並んであるというから、何でもそこらに移転して来た人だろうとの専《もっぱ》らの評判であった。

何も人間が通るのに、評判を立てるほどのこともないのだが、淋《さび》しい田舎で人珍しいのと、それにこの男の姿がいかにも特色があって、そして鶩《あひる》の歩くような変てこな形をするので、何ともいえぬ不調和――その不調和が路傍《ろぼう》の人々の閑《ひま》な眼を惹《ひ》くもととなった。

年の頃三十七、八、猫背で、獅子《しし》鼻で、反歯《そっぱ》で、色が浅黒くって、頬髯《ほおひげ》が煩《うるさ》そうに顔の半面を蔽《おお》って、ちょっと見ると恐ろしい容貌《ようぼう》、若い女などは昼間出逢《であ》っても気味悪く思うほどだが、それにも似合わず眼には柔和《にゅうわ》なやさしいところがあって、絶えず何物をか見て憧《あこが》れているかのように見えた。足のコンパスは思い切って広く、トットと小きざみに歩くその早さ！　演習に朝出る兵隊さんもこれにはいつも三舎《さんしゃ》を避けた。

大抵洋服で、それもスコッチの毛の摩《す》れてなくなった鳶色《とびいろ》の古背広、上にはおったインバネスも羊羹色《ようかんいろ》に黄ばんで、右の手には犬の頭のすぐ取れる安ステッキをつき、柄《がら》にない海老茶色《えびちゃいろ》の風呂敷包みをかかえながら、左の手はポッケットに入れている。

四ツ目垣《がき》の外を通りかかると、

「今お出かけだ！」

と、田舎の角の植木屋の主婦が口の中で言った。

その植木屋も新建ちの一軒家で、売り物のひょろ松やら樫《かし》やら黄楊《つげ》やら八ツ手やらがその周囲にだらしなく植え付けられてあるが、その向こうには千駄谷の街道を持っている新開の屋敷町が参差《しんし》として連なって、二階の硝子《ガラス》窓には朝日の光がきらきらと輝き渡った。左は角筈《つのはず》の工場の幾棟《いくむね》、細い煙筒《えんとう》からはもう労働に取りかかった朝の煙が黒く低く靡《なび》いている。晴れた空には林を越して電信柱が頭だけ見える。

男はてくてくと歩いて行く。

田畝を越すと、二間幅の石ころ道、柴垣、樫垣、要《かなめ》垣、その絶え間絶え間に硝子障《しょう》子《じ》、冠木門《かぶきもん》、瓦斯燈《ガスとう》と順序よく並んでいて、庭の松に霜《しも》よけの縄のまだ取られずに付いているのも見える。一、二丁行くと千駄谷通りで、毎朝、演習の兵隊が駆け足で通っていくのに邂逅《かいこう》する。西洋人の大きな洋館、新築の医者の構えの大きな門、駄菓子を売る古い茅葺《かやぶき》の家、ここまで来ると、もう代々木の停留場の高い線路が見えて、新宿あたりで、ポーと電笛《でんてき》の鳴る音でも耳に入ると、男はその大きな体を先へのめらせて、見栄も何も構わずに、一散《いっさん》に走るのが例だ。

今日もそこに来て耳を欹《そばだ》てたが、電車の来たような気勢《けはい》もないので、同じ歩調ですたすたと歩いて行ったが、高い線路に突き当たって曲がる角で、ふと栗梅《くりうめ》の縮緬《ちりめん》の羽《は》織《お》りをぞろりと着た恰好《かっこう》のいい庇髪《ひさしがみ》の女の後ろ姿を見た。鶯色《うぐいすいろ》のリボン、繻珍《しゅちん》の鼻緒《はなお》、おろし立ての白足袋《しろたび》、それを見ると、もうその胸は何となくときめいて、その癖どうのこうのと言うのでもないが、ただ嬉しく、そわそわして、その先へ追い越すのが何だか惜しいような気がする様子である。男はこの女を既に見知っているので、少なくとも五、六度はその女と同じ電車に乗ったことがある。それどころか、冬の寒い夕暮れ、わざわざ廻《まわ》り路《みち》をしてその女の家を突き留めたことがある。千駄谷の田畝の西の隅で、樫の木で取り囲んだ奥の大きな家、その総領娘であることをよく知っている。眉《まゆ》の美しい、色の白い頬の豊かな、笑う時言うに言われぬ表情をその眉と眼との間にあらわす娘だ。

「もうどうしても二十二、三、学校に通っているのではなし……それは毎朝逢わぬのでもわかるが、それにしてもどこへ行くのだろう」と思ったが、その思ったのが既に愉快なので、眼の前にちらつく美しい着物の色彩が言い知らず胸をそそる。「もう嫁に行くんだろう？」と続いて思ったが、今度はそれが何だか侘《わび》しいような惜しいような気がして、「己《おれ》も今少し若ければ……」と二の矢を継いでたが、「何だ馬鹿《ばか》馬鹿しいしい、己は幾歳《いくつ》だ、女房もあれば子供もある」と思い返した。思い返したが、何となく悲しい、何となく嬉しい。

代々木の停留場に上る階段のところで、それでも追い越して、衣《きぬ》ずれの音、白粉《おしろい》の香《にお》いに胸を躍《おど》らしたが、今度は振り返りもせず、大足に、しかも駈《か》けるようにして、階段を上った。

停留場の駅長が赤い回数切符を切って返した。この駅長もその他の駅夫も皆この大男に熟している。せっかちで、慌て者で、早口であるということをも知っている。

板囲いの待合所に入ろうとして、男はまたその前に兼ねて見知り越しの女学生の立っているのを眼敏《めざと》くも見た。

肉付きのいい、頬の桃色の、輪郭《りんかく》の丸い、それは可愛い娘だ。派手な縞物《しまもの》に、海老茶の袴《はかま》を穿《は》いて、右手に女持ちの細い蝙蝠傘《こうもりがさ》、左の手に、紫の風呂敷包みを抱えているが、今日はリボンがいつものと違って白いと男はすぐ思った。

この娘は自分を忘れはすまい、無論知ってる！　と続いて思った。そして娘の方を見たが、娘は知らぬ顔をして、あっちを向いている。あのくらいのうちは恥ずかしいんだろう、と思うと堪《たま》らなく可愛くなったらしい。見ぬような振りをして幾度となく見る、頻《しき》りに見る。――そしてまた眼を外《そ》らして、今度は階段のところで追い越した女の後ろ姿に見入った。

電車の来るのも知らぬというように――。

二

この娘は自分を忘れはすまいとこの男が思ったのは、理由のあることで、それには面白いエピソードがあるのだ。この娘とはいつでも同時刻に代々木から電車に乗って、牛込《うしごめ》まで行くので、以前からよくその姿を見知っていたが、それと言って敢《あ》えて口を利《き》いたというのではない。ただ相対して乗っている、よく肥《ふと》った娘だなアと思う。あの頬の肉の豊かなこと、乳の大きなこと、立派な娘だなどと続いて思う。それが度重なると、笑顔の美しいことも、耳の下に小さい黒子《ほくろ》のあることも、混み合った電車の吊り皮にすらりとのべた腕の白いことも、信濃町《しなのまち》から同じ学校の女学生とおりおり邂逅してはすっぱに会話を交じゆることも、何もかもよく知るようになって、どこの娘かしらん? などとその家、その家庭が知りたくなる。

でも後をつけるほど気にも入らなかったとみえて、敢えてそれを知ろうともしなかったが、ある日のこと、男は例の帽子、例のインバネス、例の背広、例の靴で、例の道を例のごとく千駄谷の田畝にかかってくると、ふと前からその肥った娘が、羽織りの上に白い前懸《まえか》けをだらしなくしめて、半ば解きかけた髪を右の手で押さえながら、友達らしい娘と何事かを語り合いながら歩いてきた。いつも逢う顔に違ったところで逢うと、何だか他人でないような気がするものだが、男もそう思ったとみえて、もう少しで会釈をするような態度をして、急いだ歩調をはたと留めた。娘もちらとこっちを見て、これも、「あああの人だナ、いつも電車に乗る人だナ」と思ったらしかったが、会釈をするわけもないので、黙ってすれ違ってしまった。男はすれ違いざまに、「今日は学校に行かぬのかしらん？　そうか、試験休みか春休みか」と我知らず口に出して言って、五、六間無意識にてくてくと歩いて行くと、ふと黒い柔らかい美しい春の土に、ちょうど金屏風《きんびょうぶ》に銀で画《か》いた松の葉のようにそっと落ちているアルミニウムの留針《ピン》。

娘のだ！

いきなり、振り返って、大きな声で、

「もし、もし、もし」

と連呼した。

娘はまだ十間ほど行ったばかりだから、無論この声は耳に入ったのであるが、今すれ違った大男に声をかけられるとは思わぬので、振り返りもせずに、友達の娘と肩を並べて静かに語りながら歩いて行く。朝日が美しく野の農夫の鋤《すき》の刃に光る。

「もし、もし、もし」

と男は韻《いん》を押《ふ》んだように再び叫んだ。

で、娘も振り返る。見るとその男は両手を高く挙げて、こっちを向いて面白い恰好をしている。ふと、気が付いて、頭に手をやると、留針がない。はっと思って、「あら、私、嫌よ、留針を落としてよ」と友達に言うでもなく言って、そのまま、ばたばたと駈け出した。

男は手を挙げたまま、そのアルミニウムの留針を持って待っている。娘はいきせき駈けて来る。やがて傍《そば》に近寄った。

「どうもありがとう……」

と、娘は恥ずかしそうに顔を赧《あか》くして、礼を言った。四角の輪廓をした大きな顔は、さも嬉しそうににこにこと笑って、娘の白い美しい手にその留針を渡した。

「どうもありがとうございました」

と、再び丁寧に娘は礼を述べて、そして踵《きびす》をめぐらした。

男は嬉しくて仕方がない。愉快でたまらない。これであの娘、己の顔を見覚えたナ……と思う。これから電車で邂逅しても、あの人が私の留針を拾ってくれた人だと思うに相違ない。もし己が年が若くって、娘が今少し別嬪《べっぴん》で、それでこういう幕を演ずると、おもしろい小説が出来るんだなどと、取り留めもないことを種々に考える。聯《れん》想《そう》は聯想を生んで、その身のいたずらに青年時代を浪費してしまったことや、恋人で娶《めと》った細君の老いてしまったことや、子供の多いことや、自分の生活の荒涼《こうりょう》としていることや、時勢に後《おく》れて将来に発達の見込みのないことや、色々なことが乱れた糸のように縺《もつ》れ合って、こんがらがって、ほとんど際限がない。ふと、その勤めている某雑誌社のむずかしい編集長の顔が空想の中にありありと浮かんだ。と、急に空想を捨てて路を急ぎ出した。

三

この男はどこから来るかと言うと、千駄谷の田畝を越して、櫟の並木の向こうを通って、新建ちの立派な邸宅の門をつらねている間を抜けて、牛の鳴き声の聞こえる牧場、樫の大樹に連なっている小径《こみち》――その向こうをだらだらと下った丘陵《おか》の蔭《かげ》の一軒家、毎朝かれはそこから出て来るので、丈の低い要垣を周囲に取り廻《まわ》して、三間くらいと思われる家の構造《つくり》、床の低いのと屋根の低いのを見ても、貸家建ての粗雑《ぞんざい》な普請《ふしん》であることが解る。小さな門を中に入らなくとも、路から庭や座敷がすっかり見えて、篠竹《しのだけ》の五、六本生えている下に、沈丁花《じんちょうげ》の小さいのが二、三株咲いているが、その傍には鉢植えの花ものが五つ六つだらしなく並べられてある。細君らしい二十五、六の女が甲斐甲斐《かいがい》しく襷掛《たすきが》けになって働いていると、四歳くらいの男の児《こ》と六歳くらいの女の児とが、座敷の次の間の縁側の日当たりのいいところに出て、頻りに何ごとをか言って遊んでいる。

家の南側に、釣瓶《つるべ》を伏せた井戸があるが、十時頃になると、天気さえよければ、細君はそこに盥《たらい》を持ち出して、頻りに洗濯をやる。着物を洗う水の音がざぶざぶと長閑《のどか》に聞こえて、隣の白蓮《びゃくれん》の美しく春の日に光るのが、何とも言えぬ平和な趣《おもむき》をあたりに展《ひろ》げる。細君はなるほどもう色は衰えているが、娘盛りにはこれでも十人並み以上であったろうと思われる。やや旧派の束髪《そくはつ》に結って、ふっくりとした前髪を取ってあるが、着物は木綿の縞物を着て、海老茶色の帯の末端《すえ》が地について、帯揚げのところが、洗濯の手を動かす度に微《かす》かに揺《うご》く。しばらくすると、末の男の児が、かアちゃんかアちゃんと遠くから呼んで来て、傍に来ると、いきなり懐《ふところ》の乳を探《さぐ》った。まアお待ちよと言ったが、中々言うことを聞きそうにもないので、洗濯の手を前垂《まえだ》れでそそくさと拭いて、前の縁側に腰をかけて、子供を抱いてやった。そこへ総領の女の児も来て立っている。

客間兼帯《けんたい》の書斎は六畳で、硝子の嵌《は》まった小さい西洋書箱《ほんばこ》が西の壁につけて置かれてあって、栗の木の机がそれと反対の側に据《す》えられてある。床の間には春蘭《しゅんらん》の鉢が置かれて、幅物《ふくもの》は偽物の文晁《ぶんちょう》の山水《さんすい》だ。春の日が室《へや》の中までさし込むので、実に暖かい、気持ちがいい。机の上には二、三の雑誌、硯箱《すずりばこ》は能代《のしろ》塗りの黄いろい木地の木目が出ているもの、そしてそこに社の原稿紙らしい紙が春風に吹かれている。

この主人公は名を杉田古城といって言うまでもなく文学者。若い頃には、相応に名も出て、二、三の作品は随分喝采《かっさい》されたこともある。いや、三十七歳の今日、こうしてつまらぬ雑誌社の社員になって、毎日毎日通って行って、つまらぬ雑誌の校正までして、平凡に文壇の地平線以下に沈没してしまおうとは自らも思わなかったであろうし、人も思わなかった。けれどこうなったのには原因がある。この男は昔からそうだが、どうも若い女に憧れるという悪い癖がある。若い美しい女を見ると、平生は割合に鋭い観察眼もすっかり権威を失ってしまう。若い時分、盛んにいわゆる少女小説を書いて、一時は随分青年を魅せしめたものだが、観察も思想もないあくがれ小説がそういつまで人に飽きられずにいることが出来よう。ついにはこの男と少女ということが文壇の笑い草の種となって、書く小説も文章も皆笑い声の中に没却《ぼっきゃく》されてしまった。それに、その容貌が前にも言った通り、この上もなく蛮《ばん》カラなので、いよいよそれがいいコントラストをなして、あの顔で、どうしてああだろう、打ち見たところは、いかな猛獣とでも闘《たたか》うというような風采《ふうさい》と体格とを持っているのに……。これも造化の戯《たわむ》れの一つであろうという評判であった。

ある時、友人間でその噂があった時、一人は言った。

「どうも不思議だ。一種の病気かもしれんよ。先生のはただ、あくがれるというばかりなのだからね。美しいと思う、ただそれだけなのだ。我々なら、そういう時には、すぐ本能の力が首を出してきて、ただ、あくがれるくらいではどうしても満足が出来んがね」

「そうとも、生理的に、どこか陥落《ロスト》しているんじゃないかしらん」

と言ったものがある。

「生理的と言うよりも性質じゃないかしらん」

「いや、僕はそうは思わん。先生、若い時分、あまりに恣《ほしいまま》なことをしたんじゃないかと思うね」

「恣とは？」

「言わずとも解るじゃないか……。独《ひと》りであまり身を傷つけたのさ。その習慣が長く続くと、生理的に、ある方面がロストしてしまって、肉と霊とがしっくり合わんそうだ」

「馬鹿な……」

と笑ったものがある。

「だって、子供が出来るじゃないか」

と誰かが言った。

「それは子供は出来るさ……」と前の男は受けて、「僕は医者に聞いたんだが、その結果は色々あるそうだ。烈《はげ》しいのは、生殖の途《みち》が絶たれてしまうそうだが、中には先生のようになるのもあるということだ。よく例があるって……僕に色々教えてくれたよ。僕はきっとそうだと思う。僕の鑑定は誤らんさ」

「僕は性質だと思うがね」

「いや、病気ですよ、少し海岸にでも行っていい空気でも吸って、節慾《せつよく》しなければいかんと思う」

「だって、あまりおかしい、それも十八、九とか二十二、三とかなら、そういうこともあるかもしれんが、細君があって、子供が二人まであって、そして年は三十八にもなろうというんじゃないか。君の言うことは生理学万能で、どうも断定すぎるよ」

「いや、それは説明が出来る。十八、九でなければそういうことはあるまいと言うけれど、それはいくらもある。先生、きっと今でもやっているに相違ない。若い時、ああいう風で、無闇《むやみ》に恋愛神聖論者を気取って、口では綺麗《きれい》なことを言っていても、本能が承知しないから、つい自ら傷つけて快《かい》を取るというようなことになる。そしてそれが習慣になると、病的になって、本能の充分の働きをすることが出来なくなる。そして先生のはきっとそれだ。つまり前にも言ったが、肉と霊とがしっくり調和することが出来んのだよ。それにしても面白いじゃないか、健全を以て自らも任じ、人も許していたものが、今では不健全も不健全、デカダンの標本になったのは、これというのも本能をないがしろにしたからだ。君たちは僕が本能万能説を抱《いだ》いているのをいつも攻撃するけれど、実際、人間は本能が大切だよ。本能に従わん奴は生存しておられんさ」と滔々《とうとう》として弁じた。

四

電車は代々木を出た。

春の朝は心地がいい。日がうらうらと照り渡って、空気はめずらしくくっきりと透《す》き徹《とお》っている。富士の美しく霞《かす》んだ下に大きい櫟林が黒く並んで、千駄谷の凹地《くぼち》に新築の家屋の参差として連なっているのが走馬燈《そうまとう》のように早く行き過ぎる。けれどこの無言の自然よりも美しい少女の姿の方がいいので、男は前に相対した二人の娘の顔と姿とにほとんど魂を打ち込んでいた。けれど無言の自然を見るよりも活《い》きた人間を眺めるのは困難なもので、あまりしげしげ見て、悟られてはという気があるので、傍《わき》を見ているような顔をして、そして電光《いなずま》のように早く鋭くながし眼を遣《つか》う。誰だか言った、電車で女を見るのは正面ではあまり眩《まばゆ》くっていけない、そうかと言って、あまり離れても際立って人に怪しまれる恐れがある、七分くらいに斜《はす》に対して座を占めるのが一番便利だと。男は少女にあくがれるのが病であるほどであるから、無論、このくらいの秘訣《ひけつ》は人に教わるまでもなく、自然にその呼吸を自覚していて、いつでもその便利な機会を攫《つか》むことを過《あやま》らない。

年上の方の娘の眼の表情がいかにも美しい。星——天上の星もこれに比べたならその光を失うであろうと思われた。縮緬《せった》のすらりとした膝《ひざ》のあたりから、華奢《きゃしゃ》な藤色の裾《すそ》、白足袋をつまだてた三枚襲《がさね》の雪駄、ことに色の白い襟首《えりくび》から、あのむっちりと胸が高くなっているあたりが美しい乳房《ちぶさ》だと思うと、総身が掻《か》きむしられるような気がする。一人の肥った方の娘は懐からノートブックを出して、頻りにそれを読み始めた。

すぐ千駄谷駅に来た。

かれの知りおる限りにおいては、ここから、少なくとも三人の少女が乗るのが例だ。けれど今日は、どうしたのか、時刻が後れたのか早いのか、見知っている三人の一人だも乗らぬ。その代わりに、それは不器量《ぶきりょう》な、二目《ふため》とは見られぬような若い女が乗った。この男は若い女なら、大抵な醜《みにく》い顔にも、眼がいいとか、鼻がいいとか、色が白いとか、襟首が美しいとか、膝の肥り具合がいいとか、何かしらの美を発見して、それを見て楽しむのであるが、今乗った女は、さがしても、発見されるような美は一か所も持っておらなかった。反歯、ちぢれ毛、色黒、見ただけでも不愉快なのが、いきなりかれの隣に来て座を取った。

信濃町の停留場は、割合に乗る少女の少ないところで、かつて一度すばらしく美しい、華族の令嬢かと思われるような少女と膝を並べて牛込まで乗った記憶があるばかり、その後、今一度どうかして逢いたいもの、見たいものと願っているけれど、今日までついぞかれの望みは遂げられなかった。電車は紳士やら軍人やら商人やら学生やらを多く載せて、そして飛竜《ひりゅう》のごとく駛《はし》り出した。

トンネルを出て、電車の速力がやや緩《ゆる》くなった頃から、かれは頻りに首を停車場の待合所の方に注いでいたが、ふと見馴《みな》れたリボンの色を見得たとみえて、その顔は晴れ晴れしく輝いて胸は躍った。四ツ谷からお茶の水の高等女学校に通う十八歳くらいの少女、身装《みなり》も綺麗に、ことにあでやかな容色《きりょう》、美しいといってこれほど美しい娘は東京にも沢山《たくさん》はあるまいと思われる。丈《せい》はすらりとしているし、眼は鈴を張ったようにぱっちりしているし、口は緊《しま》って肉は痩《や》せず肥らず、晴れ晴れした顔には常に紅《くれない》が漲《みなぎ》っている。今日はあいにく乗客が多いので、そのまま扉の傍に立ったが、「混み合いますから前の方へ詰めて下さい」と車掌《しゃしょう》の言葉に余儀なくされて、男のすぐ前のところに来て、下げ皮に白い腕を延べた。男は立って代わってやりたいとは思わぬではないが、そうするとその白い腕が見られぬばかりではなく、上から見下ろすのは、いかにも不便なので、そのまま席を立とうともしなかった。

混み合った電車の中の美しい娘、これほどかれに趣味深く嬉しく感ぜられるものはないので、今までにも既に幾度となくその嬉しさを経験した。柔らかい着物が触れる。得ならぬ香水の香りがする。温かい肉の触感が言うに言われぬ思いをそそる。ことに、女の髪の匂いというものは、一種の烈しい望みを男に起こさせるもので、それが何とも名状せられぬ愉快をかれに与えるのであった。

市谷《いちがや》、牛込、飯田町《いいだまち》と早く過ぎた。代々木から乗った娘は二人とも牛込で下りた。電車は新陳代謝《しんちんたいしゃ》して、ますます混雑を極《きわ》める。それにも拘《かかわ》らず、かれは魂を失った人のように、前の美しい顔にのみ憧れ渡っている。

やがてお茶の水に着く。

五

この男の勤めている雑誌社は、神田の錦町《にしきちょう》で、青年社という、正則英語学校のすぐ次の通りで、街道に面した硝子戸の前には、新刊の書籍の看板が五つ六つも並べられてあって、戸を開けて中に入ると、雑誌書籍の埒《らち》もなく取り散らされた室の帳場には社主の難しい顔が控えている。編集室は奥の二階で、十畳の一室、西と南とが塞《ふさ》がっているので、陰気なことおびただしい。編集員の机が五脚ほど並べられてあるが、かれの机はその最も壁に近い暗いところで、雨の降る日などは、ランプがほしいくらいである。それに、電話がすぐ側《そば》にあるので、間断《ひっきり》なしに鳴ってくる電鈴《でんれい》が実に煩い。先生、お茶の水から外濠線《そとぼりせん》に乗り換えて錦町三丁目の角まで来て下りると、楽しかった空想はすっかり覚めてしまったような侘しい気がして、編集長とその陰気な机とがすぐ眼に浮かぶ。今日も一日苦しまなければならぬかナアと思う。生活というものはつらいものだとすぐ後を続ける。と、この世も何もないような厭《いや》な気になって、街道の塵埃が黄いろく眼の前に舞う。校正の穴埋めの厭なこと、雑誌の編集の無意味なることがありありと頭に浮かんで来る。ほとんど留め度がない。それればかりならまだいいが、半ば覚めてまだ覚め切らない電車の美しい影が、その侘しい黄いろい塵埃の間に覚束《おぼつか》なく見えて、それが何だかこう自分の唯一の楽しみを破壊してしまうように思われるので、いよいよつらい。

編集長がまた皮肉な男で、人を冷やかすことを何とも思わぬ。骨折って美文でも書くと、杉田君、またおのろけが出ましたねと突っ込む。何ぞというと、少女を持ち出して笑われる。で、おりおりはむっとして、己は子供じゃない、三十七だ、人を馬鹿にするにもほどがあると憤慨《ふんがい》する。けれどそれはすぐ消えてしまうので、懲《こ》りることもなく、艶《つや》っぽい歌を詠《よ》み、新体詩を作る。

すなわちかれの快楽というのは電車の中の美しい姿と、美文新体詩を作ることで、社にいる間は、用事さえないと、原稿紙を延べて、一生懸命に美しい文を書いている。少女に関する感想の多いのは無論のことだ。

その日は校正が多いので、先生一人それに忙殺されたが、午後二時頃、少し片付いたので一息吐《つ》いていると、

「杉田君」

と編集長が呼んだ。

「え？」

とそっちを向くと、

「君の近作を読みましたよ」と言って、笑っている。

「そうですか」

「あいかわらず、美しいねえ、どうしてああ綺麗に書けるだろう。実際、君を好男子と思うのは無理はないよ。何とかいう記者は、君の大きな体格を見て、その予想外なのに驚いたというからね」

「そうですかナ」

と、杉田は仕方なしに笑う。

「少女万歳ですな！」

と編集員の一人が相槌《あいづち》を打って冷やかした。

杉田はむっとしたが、下《くだ》らん奴を相手にしてもと思って、他方《わき》を向いてしまった。実に癪《しゃく》に障《さわ》る。三十七の己を冷やかす気が知れぬと思った。

薄暗い陰気な室はどう考えてみても侘しさに耐えかねて巻き煙草《たばこ》を吸うと、青い紫の煙がすうと長く靡く。見詰めていると、代々木の娘、女学生、四谷の美しい姿などが、ごっちゃになって、縺れ合って、それが一人の姿のように思われる。馬鹿馬鹿しいと思わぬではないが、しかし愉快でないこともない様子だ。

午後三時過ぎ、退出時刻が近くなると、家のことを思う。妻のことを思う。つまらんな、年を老《と》ってしまったとつくづく慨嘆《がいたん》する。若い青年時代を下らなく過ごして、今になって後悔したとて何の役にたつ、ほんとうにつまらんなアと繰り返す。若い時になぜ烈しい恋をしなかった？　なぜ充分に肉の香りをも嗅《か》がなかった？　今時分思ったとて、なんの反響がある？　もう三十七だ。こう思うと、気が苛々《いらいら》して、髪の毛をむしりたくなる。

社の硝子戸を開けて戸外《おもて》に出る。終日の労働で頭脳《あたま》はすっかり労《つか》れて、何だか脳天が痛いような気がする。西風に舞い上がる黄いろい塵埃、侘しい、侘しい。なぜか今日は殊更《ことさら》に侘しくつらい。いくら美しい少女の髪の香りに憧れたからって、もう自分らが恋をする時代ではない。また恋をしたいたって、美しい鳥を誘う羽翼《はね》をもう持っておらない。と思うと、もう生きている価値《ねうち》がない、死んだ方がいい、死んだ方がいい、死んだ方がいい、とかれは大きな体格を運びながら考えた。

顔色《かおつき》が悪い。眼の濁《にご》っているのはその心の暗いことを示している。妻や子供や平和な家庭のことを念頭に置かぬではないが、そんなことはもう非常に縁故《えんこ》が遠いように思われる。死んだ方がいい？　死んだら、妻や子はどうする？　この念はもう微かになって、反響を与えぬほどその心は神経的に陥落してしまった。寂しさ、寂しさ、寂しさ、この寂しさを救ってくれるものはないか、美しい姿の唯《ただ》一つでいいから、白い腕にこの身を巻いてくれるものはないか。そうしたら、きっと復活する。希望、奮闘、勉励、必ずそこに生命を発見する。この濁った血が新しくなれると思う。けれどこの男は実際それによって、新しい勇気を恢復《かいふく》することが出来るかどうかはもちろん疑問だ。

外濠の電車が来たのでかれは乗った。敏捷《びんしょう》な眼はすぐ美しい着物の色を求めたが、あいにくそれにはかれの願いを満足させるようなものは乗っておらなかった。けれど電車に乗ったということだけで心が落ちついて、これからが——家に帰るまでが、自分の極楽境のように、気がゆったりとなる。路側《みちばた》のさまざまの商店やら招牌《かんばん》やらが走馬燈のように眼の前を通るが、それがさまざまの美しい記憶を思い起こさせるのでいい心地がするのであった。

お茶の水から甲武《こうぶ》線に乗り換えると、おりからの博覧会で電車はほとんど満員、それを無理に車掌のいるところに割り込んで、とにかく右の扉の外に立って、しっかりと真鍮《しんちゅう》の丸棒を攫んだ。ふと車中を見たかれははっとして驚いた。その硝子窓を隔ててすぐそこに、信濃町で同乗した、今一度ぜひ逢いたい、見たいと願っていた美しい令嬢が、中折れ帽や角帽やインバネスにほとんど圧《お》しつけられるようになって、ちょうど烏《からす》の群れに取り巻かれた鳩《はと》といったような風になって乗っている。

美しい眼、美しい手、美しい髪、どうして俗悪なこの世の中に、こんな綺麗な娘がいるかとすぐ思った。誰の細君になるのだろう、誰の腕に巻かれるのであろうと思うと、堪らなく口惜《くや》しく情けなくなってその結婚の日はいつだか知らぬが、その日は呪《のろ》うべき日だと思った。白い襟首、黒い髪、鶯茶のリボン、白魚《しらうお》のような綺麗な指、宝石入りの金の指輪――乗客が混み合っているのと硝子越しになっているのとを都合のよいことにして、かれは心ゆくまでその美しい姿に魂を打ち込んでしまった。

水道橋《すいどうばし》、飯田町、乗客はいよいよ多い。牛込に来ると、ほとんど車台の外に押し出されそうになった。かれは真鍮の棒につかまって、しかも眼を令嬢の姿から離さず、うっとりとして自らわれを忘れるという風であったが、市谷に来た時、また五、六の乗客があったので、押しつけて押しかえしてはいるけれど、ややともすると、身が車外に突き出されそうになる。電線のうなりが遠くから聞こえて来て、何となくあたりが騒々しい。ピイと発車の笛が鳴って、車台が一、二間ほど出て、急にまたその速力が早められた時、どうした機会《はずみ》か少なくとも横にいた乗客の二、三が中心を失って倒れかかって来たためでもあろうが、令嬢の美にうっとりとしていたかれの手が真鍮の棒から離れたと同時に、その大きな体は見事にとんぼがえりを打って、何のことはない大きな毬《まり》のように、ころころと線路の上に転がり落ちた。危ないと車掌が絶叫したのも遅し早し、上りの電車が運悪く地を撼《うご》かしてやって来たので、たちまちその黒い大きい一塊物は、あなやという間に、三、四間ずるずると引き摺《ず》られて、紅《あか》い血が一線《ひとすじ》長くレールを染めた。

非常警笛が空気を劈《つんざ》いてけたたましく鳴った。

忘れえぬ人々

国木田独歩

多摩川の二子《ふたこ》の渡しをわたって少しばかり行くと溝口《みぞのくち》という宿場がある。その中程に亀屋という旅人宿《はたごや》がある。ちょうど三月の初めの頃であった、この日は大空かき曇り北風強く吹いて、さなきだに淋《さび》しいこの町が一段と物淋しい陰鬱《いんうつ》な寒そうな光景を呈《てい》していた。昨日降った雪がまだ残っていて、高低定まらぬ茅《わら》屋根の南の軒先からは雨滴《あまだれ》が風に吹かれて舞うて落ちている。草鞋《わらじ》の足痕《あしあと》にたまった泥水にすら寒そうな漣《さざなみ》が立っている。日が暮れると間もなく大概の店は戸を閉めてしまった。闇《くら》い一筋町がひっそりとしてしまった。旅人宿だけに亀屋の店の障子《しょうじ》には燈火《あかり》が明《あか》く射していたが、今宵《こよい》は客もあまりないと見えて内もひっそりとして、おりおり雁頸《がんくび》の太そうな煙管《きせる》で火鉢の縁《ふち》をたたく音がするばかりである。

突然《だしぬけ》に障子をあけて一人の男がのっそり入って来た。長火鉢に寄っかかって胸算用に余念もなかった主人《あるじ》が驚いてこちらを向く暇もなく、広い土間を三歩《みあし》ばかりに大股に歩いて、主人の鼻先に突ったった男は年ごろ三十にはまだ二つ三つ足らざるべく、洋服、脚絆《きゃはん》、草鞋の旅装なりで鳥打ち帽をかぶり、右の手に蝙蝠傘《こうもり》を携え、左に小さな革包《かばん》を持ってそれを脇に抱いていた。

「一晩厄介になりたい」

主人は客の風采《みなり》を視《み》ていてまだ何とも言わない、その時奥で手の鳴る音がした。

「六番でお手が鳴るよ」

ほえるような声で主人は叫んだ。

「どちらさまでございます」

主人は火鉢に寄っかかったままで問うた。客は肩をそびやかしてちょっと顔をしかめたが、たちまち口の辺《ほとり》に微笑《ほほえ》みをもらして、

「僕か、僕は東京」

「それでどちらへお越しでございますナ」

「八王子へ行くのだ」

と答えて客はそこに腰を掛け脚絆の緒《ひも》を解きにかかった。

「旦那、東京から八王子なら道が変でございますねエ」

主人は不審そうに客の様子を今さらのように眺め、何か言いたげな口つきをした。

客はすぐ気が付いた。

「いや僕は東京だが、今日東京から来たのじゃあない、今日は晩《おそ》くなって川崎を出発《た》って来たからこんなに暮れてしまったのさ、ちょっと湯をおくれ」

「早くお湯を持って来ないか。ヘエ随分今日はお寒かったでしょう、八王子の方はまだまだ寒うございます」

という主人の言葉はあいそがあっても一体の風《ふう》つきはきわめて無愛嬌《ぶあいきょう》である。年は六十ばかり、肥満《ふと》った体躯《からだ》の上に綿の多い半纏《はんてん》を着ているので肩からじきに太い頭が出て、幅の広い福々《ふくぶく》しい顔の目《まな》じりが下がっている。それでどこかに気むずかしいところが見えている。しかし正直なお爺《やじ》さんだなと客はすぐ思った。

客が足を洗ってしまって、まだ拭ききらぬうち、主人は、

「七番へご案内申しな!」

と怒鳴った。それぎりで客へは何の挨拶《あいさつ》もしない、その後ろ姿を見送りもしなかった。真っ黒な猫が厨房《くりや》の方から来て、そっと主人の高い膝《ひざ》の上にはい上がって丸くなった。主人はこれを知っているのかいないのか、じっと眼をふさいでいる。しばらくすると、右の手が煙草箱《たばこいれ》の方へ動いてその太い指が煙草を丸めだした。

「六番さんのお浴湯《ゆ》がすんだら七番のお客さんをご案内申しな!」

膝の猫がびっくりして飛び下りた。

「馬鹿《ばか》！　貴様に言ったのじゃないわ」

猫はあわてて厨房の方へ駆けていってしまった。柱時計がゆるやかに八時を打った。

「お婆さん、吉蔵が眠そうにしているじゃあないか、早く被中炉《あんか》を入れてやってお寝かしな、可愛そうに」

主人の声の方が眠そうである、厨房の方で、

「吉蔵はここで本を復習《さら》っていますじゃないかね」

お婆さんの声らしかった。

「そうかな。吉蔵もうお寝よ、朝早く起きてお復習いな。お婆さん早く被中炉を入れておやんな」

「今すぐ入れてやりますよ」

勝手の方で下婢《かひ》とお婆さんと顔を見合わしてくすくすと笑った。店の方で大きなあくびの声がした。

「自分が眠いのだよ」

五十を五つ六つ越えたらしい小さな老母が煤《くす》ぶった被中炉に火を入れながら呟《つぶや》いた。

店の障子が風に吹かれてがたがたすると思うと、パラパラと雨を吹きつける音が微《かす》かにした。

「もう店の戸を引き寄せて置きな」と主人は怒鳴って、舌打ちをして、

「また降って来やあがった」

と独《ひと》り言のように呟いた。なるほど風が大分強くなって雨さえ降りだしたようである。

春先とはいえ、寒い寒い霙《みぞれ》まじりの風が広い武蔵野を荒れに荒れて終夜《よもすがら》、真っ闇《くら》な溝口の町の上をほえ狂った。

七番の座敷では十二時過ぎてもまだ洋燈《ランプ》が耿々《こうこう》と輝いている。亀屋で起きている者といえばこの座敷の真ん中で、差し向かいで話している二人の客ばかりである。戸外《そと》は風雨の声いかにもすさまじく、雨戸が絶えず鳴っていた。

「この模様では明日のお立ちは無理ですぜ」

と一人が相手の顔を見て言った。これは六番の客である。

「何、別に用事はないのだから明日一日くらいここで暮らしてもいいんです」

二人とも顔を赤くして鼻の先を光らしている。傍《そば》の膳《ぜん》の上には燗陶《かんびん》が三本乗ってい

て、盃《さかずき》には酒が残っている。二人とも心地よさそうに体をくつろげて、胡座《あぐら》をかいて、火鉢を中にして煙草を吹かしている。六番の客は袍巻《かいまき》の袖《そで》から白い腕を臂《ひじ》まで出して、巻き煙草の灰を落としては、喫煙《す》っている。二人の話しぶりはきわめて卒直であるものの、今宵初めてこの宿舎《やど》で出合って、何かの口緒《いとぐち》から二口三口襖越《ふすまご》しの話があって、あまりの淋しさに六番の客から押しかけて来て、名刺の交換が済むや酒を命じ、談話《はなし》に実が入って来るや、いつしか丁寧な言葉とぞんざいな言葉とを半混ぜに使うようになったものに違いない。

七番の客の名刺には大津弁二郎とある、別に何の肩書きもない。六番の客の名刺には秋山松之助とあって、これも肩書きがない。

大津とはすなわち日が暮れて着いた洋服の男である。痩《や》せ形《がた》な、すらりとして色の白いところは相手の秋山とはまるで違っている。秋山は二十五か六という年輩で、丸く肥えて赤ら顔で、眼元に愛嬌があって、いつもにこにこしているらしい。大津は無名の文学者で、秋山は無名の画家で不思議にも同種類の青年がこの田舎の旅宿で落ち合ったのであった。

「もう寝ようかねエ。随分悪口《あっこう》も言いつくしたようだ」

美術論から文学論から宗教論まで二人はかなり勝手にしゃべって、現今《いま》の文学者や画家の大家を手ひどく批評して十一時が打ったのに気が付かなかったのである。

「まだいいさ。どうせ明日はだめでしょうから夜通し話したってかまわないさ」

画家の秋山はにこにこしながら言った。

「しかし何時でしょう」

と大津は投げ出してあった時計を見て、

「おやもう十一時過ぎだ」

「どうせ徹夜でさあ」

秋山は一向平気である。盃を見つめて、

「しかし君が眠けりゃあ寝てもいい」

「眠くはちっともない、君が疲れているだろうと思ってさ。僕は今日晩く川崎を立って三里半ばかしの道を歩いただけだから何ともないけれど」

「何僕だって何ともないさ、君が寝るならこれを借りていって読んで見ようと思うだけです」

秋山は半紙十枚ばかりの原稿らしいものを取り上げた。その表紙には「忘れ得ぬ人々」と書いてある。

「それはほんとに駄目ですよ。つまり君の方でいうと鉛筆で書いたスケッチと同じことで他人《ひと》にはわからないのだから」

といっても大津は秋山の手からその原稿を取ろうとはしなかった。秋山は一枚二枚開けてところどころ読んで見て、

「スケッチにはスケッチだけの面白味があるから少し拝見したいねエ」

「まあちょっと借して見たまえ」

と大津は秋山の手から原稿を取って、ところどころ開けて見ていたが、二人はしばらく無言であった。戸外の風雨の声がこの時今更《いまさら》のように二人の耳に入った。大津は自分の書いた原稿を見つめたままじっと耳を傾けて夢心地になった。

「こんな晩は君の領分だねエ」

秋山の声は大津の耳に入らないらしい。返事もしないでいる。風雨の音を聞いているのか、原稿を見ているのか、はた遠く百里の彼方《かなた》の人を憶《おも》っているのか、秋山は心のうちで、大津の今の顔、今の眼元はわが領分だなと思った。

「君がこれを読むよりか、僕がこの題で話した方がよさそうだ。どうです、君は聴き

ますか。この原稿はほんの大要《あらまし》を書き止めて置いたのだから読んだって解らないからねエ」

夢からさめたような目つきをして大津は目を秋山の方に転じた。

「詳しく話して聞かされるならなおのことさ」

と秋山が大津の眼を見ると、大津の眼は少し涙にうるんでいて、異様な光を放っていた。

「僕はなるべく詳しく話すよ、面白くないと思ったら、遠慮なく注意してくれたまえ。その代わり僕も遠慮なく話すよ。なんだか僕の方で聞いてもらいたいような心持ちになって来たから妙じゃあないか」

秋山は火鉢に炭をついで、鉄瓶の中へ冷めた煖陶を突っ込んだ。

「忘れ得ぬ人は必ずしも忘れて叶《かな》うまじき人にあらず、見たまえ僕のこの原稿の劈頭《へきとう》第一に書いてあるのはこの句である」

大津はちょっと秋山の前にその原稿を差しいだした。

「ね。それで僕はまずこの句の説明をしようと思う。そうすれば自《おの》ずからこの文の題意が解るだろうから。しかし君には大概解っていると思うけれど」

「そんなことを言わないで、ずんずんやりたまえよ。　僕は世間の読者のつもりで聴いているから。失敬、横になって聴くよ」

秋山は煙草をくわえて横になった。右の手で頭を支えて大津の顔を見ながら眼元に微笑を湛《たた》えている。

「親とか子とかまたは朋友知己《ほうゆうちき》そのほか自分の世話になった教師先輩のごときは、つまり単に忘れ得ぬ人とのみはいえない。忘れて叶うまじき人といわなければならない、そこでここに恩愛の契《ちぎ》りもなければ義理もない、ほんの赤の他人であって、本来をいうと忘れてしまったところで人情をも義理をも欠かないで、しかもついに忘れてしまうことのできない人がある。世間一般の者にそういう人があるとは言わないが少なくとも僕にはある。恐らくは君にもあるだろう」

秋山は黙ってうなずいた。

「僕が十九の歳《とし》の春の半頃《なか》と記憶しているが、少し体躯の具合が悪いのでしばらく保養する気で東京の学校を退《ひ》いて国へ帰る、その帰り途《みち》のことであった。大阪から例の瀬戸内《せとうち》通いの汽船に乗って春海《しゅんかい》波平らかな内海《うちうみ》を航するのであるが、ほとんど一昔も前のことであるから、僕もその時の乗合りの客がどんな人であったやら、船長がどんな男であったやら、茶菓《ちゃか》を運ぶ船奴《ボーイ》の顔がどんなであったやら、そんなことは少しも憶《おぼ》えていない。多分僕に茶を注《つ》いでくれた客もあったろうし、甲板の上で色々と話しかけた人もあったろうが、何も記憶に止まっていない。

「ただその時は健康が思わしくないから、あまり浮き浮きしないで物思いに沈んでいたに違いない。絶えず甲板の上に出《い》で将来《ゆくすえ》の夢を描いてはこの世における人の身の上のことなどを思いつづけていたことだけは記憶している。もちろん若いものの癖でそれも不思議はないが。そこで僕は、春の日ののどかな光が油のような海面に融《と》けほとんど漣も立たぬ中を船の船首《へさき》が心地よい音をさせて水を切って進行するにつれて、霞《かすみ》たなびく島々を迎えては送り、右舷《うげん》左舷《さげん》の景色を眺めていた。菜の花と麦の青葉とで錦《にしき》を敷いたような島々がまるで霞の奥に浮いているように見える。そのうち船がある小さな島を右舷に見てその磯から十町とは離れないところを通るので、僕は欄《てすり》に寄り何心《なにげ》なくその島を眺めていた。山の根がたのかしここに背の低い松が小杜《こもり》を作っているばかりで、見たところ畑もなく家らしいものも見えない。寂《しん》として淋しい磯の退《ひ》き潮の痕が日に輝《ひか》って、小さな波が水際《みぎわ》を弄《もてあそ》んでいるらしく長い線《すじ》が白刃《しらは》のように光っては消えている。無人島でないことはその山よりも高い空で雲雀《ひばり》が啼《な》いているのが微かに聞こえるのでわかる。田畑ある島と知れけりあげ雲雀、これは僕の老父《おやじ》の句であるが、山のむこうには人家があるに相違ないと僕は思うた。と見るうち退き潮の痕の日に輝っているところに一人の人がいるのが目についた。たしかに男である、また子供でもない。何かしきりに拾っては籠《かご》か桶《おけ》かに入れているらしい。二三歩《ふたあしみあし》あるいてはしゃがみ、そして何か拾っている。自分はこの淋しい島かげの小さな磯を漁《あさ》っているこの人をじっと眺めていた。船が進むにつれて人影が黒い点のようになってしまって、そのうち磯も山も島全体が霞の彼方に消えてしまった。その後今日が日までほとんど十年の間、僕は何度この島かげの顔も知らないこの人を憶い起こしたろう。これが僕の『忘れ得ぬ人々』の一人である。

「その次は今から五年ばかり以前、正月元旦を父母の膝下《ひざもと》で祝ってすぐ九州旅行に出かけて、熊本から大分へと九州を横断した時のことであった。

「僕は朝早く弟と共に草鞋脚絆で元気よく熊本を出発った。その日はまだ日が高いうちに立野《たての》という宿場まで歩いてそこに一泊した。次の日のまだ登らないうち立野を立って、かねての願いで、阿蘇山《あそさん》の白煙を目がけて霜《しも》を踏み桟橋《さんばし》を渡り、路《みち》を間違えたりしてようやく日中時分《おひる》に絶頂《いただき》近くまで登り、噴火口に達したのは一時過ぎでもあっただろうか。熊本地方は温暖であるがうえに、風のないよく晴れた日だから、冬ながら六千尺の高山もさまでは寒く感じない。高嶽《たかたけ》の絶頂は噴火口から吐き出す水蒸気が凝《こ》って白くなっていたがそのほかは満山《まんざん》ほとんど雪を見ないで、ただ枯れ草白く風にそよぎ、焼け土のあるいは赤きあるいは黒きが旧噴火口の名残《なごり》をかしここに止めて断崖をなし、その荒涼たる光景は、筆も口も叶わない。これを描くのはまず君の領分だと思う。

「僕らは一度噴火口の縁まで登って、しばらくは凄まじい穴を覗き込んだり四方の大《たい》観《かん》をほしいままにしたりしていたが、さすがに頂《いただき》は風が寒くって堪《たま》らないので、穴から少し下りると阿蘇神社があるその傍《そば》に小さな小屋があって、番茶くらいは呑《の》ませてくれる。そこへ逃げ込んで団飯《むすび》をかじって元気をつけて、また噴火口まで登った。

「その時は日がもう余程傾いて、肥後《ひご》の平野を立て籠《こ》めている霧靄《もや》が焦げて赤くなってちょうどそこに見える旧噴火口の断崖と同じような色に染まった。円錐形《えんすいけい》にそびえて高く群峰《ぐんぽう》を抜く九重嶺《ここのえみね》の裾野《すその》の高原数里の枯れ草が一面に夕陽《せきよう》を帯び、空気が水のように澄んでいるので人馬の行くのも見えそうである。天地寥廓《りょうかく》、しかも足もとでは凄まじい響きをして白煙濛々《もうもう》と立ちのぼり、真っすぐに空を衝《つ》き急に折れて高嶽を掠《かす》め天の一方に消えてしまう。壮《そう》といわんか美といわんか惨《さん》といわんか、僕らは黙ったまま一言も出さないでしばらく石像のように立っていた。この時天地悠々の感、人間存在の不思議の念などが心の底から湧いて来るのは自然のことだろうと思う。

「ところでもっとも僕らの感を惹《ひ》いたものは、九重嶺と阿蘇山との間の一大窪地《くぼち》であった。これはかねて世界最大の噴火口の旧跡《きゅうせき》と聞いていたがなるほど、九重嶺の高原が急に頽《おち》こんでいて数里にわたる絶壁《ぜっぺき》がこの窪地の西を廻《めぐ》っているのが眼下によく見える。男体山麓《なんたいさんろく》の噴火口は明媚幽邃《めいびゆうすい》の中禅寺湖《ちゅうぜんじこ》と変わっているが、この大噴火口はいつしか五穀実る数千町歩の田園とかわって、村落いくつの樹林や麦畑が今しも斜陽静かに輝いている。僕らがその夜、疲れた足を踏みのばして罪のない夢を結ぶを楽しんでいる宮地《みやじ》という宿駅もこの窪地にあるのである。

「いっそのこと、山上の小屋に一泊して噴火の夜の光景を見ようかという説も二人の間に出たが、先が急がれるのでいよいよ山を下ることに決めて宮地を指《さ》して下りた。下りは登りよりかずっと勾配《こうばい》が緩《ゆる》やかで、山の尾や谷間の枯れ草の間を蛇《へび》のようにうねっている路を辿《たど》って急ぐと、村に近づくにつれて枯れ草を着けた馬をいくつか逐《お》いこした。あたりを見ると、かしここの山の尾の小路《こみち》をのどかな鈴の音《ね》夕陽を帯びて人馬いくつとなく麓《ふもと》をさして帰りゆくのが数えられる。馬はどれもみな枯れ草を着けている。麓はじきそこに見えていても容易には村へ出ないので、日は暮れかかるし僕らは大急ぎに急いで、しまいには走って下りた。

「村に出た時はもう日が暮れて夕闇ほのぐらい頃であった。村の夕暮れのにぎわいは格別で、壮年男女《そうねんなんにょ》は一日の仕事のしまいに忙しく子供は薄暗い垣根《かきね》の蔭《かげ》や竈《かまど》の火の見える軒先に集まって笑ったり歌ったり泣いたりしている。これはどこの田舎も同じことであるが、僕は荒涼たる阿蘇の草原から駈《か》け下りて突然、この人寰《じんかん》に投じた時ほど、これらの光景に搏《う》たれたことはない。二人は疲れた足をひきずって、日暮れて路遠きを感じながらも、懐かしいような心持ちで宮地を今宵の当てに歩いた。

「一村離れて林や畑の間をしばらく行くと、日はとっぷり暮れて二人の影がはっきりと地上に印《いん》するようになった。振り向いて西の空を仰《あお》ぐと、阿蘇の分派の一峰の右に新月がこの窪地一帯の村落を我が物顔に澄んで、蒼味《あおみ》がかった水のような光を放っている。二人は気がついてすぐ頭の上を仰ぐと、昼間は真っ白に立ちのぼる噴煙《ふんえん》が月の光を受けて灰色に染まって碧瑠璃《へきるり》の大空を衝《つ》いているさまが、いかにも凄まじくまた美しかった。長さよりも幅の方が長い橋にさしかかったから、幸いとその欄に倚《よ》っかかって疲れきった足を休めながら二人は噴煙のさまの様々に変化するを眺めたり、聞くともなしに村落の人語の遠くに聞こゆるを聞いたりしていた。すると二人が今来た道の方から空車《からぐるま》らしい荷車の音が林などに反響して虚空《こくう》に響き渡って、次第に近づいて来るのが手に取るように聞こえだした。

「しばらくすると、朗々《ほがらか》な澄んだ声で流して歩く馬子唄《うまごうた》が空車の音につれて漸々《ぜんぜん》と近づいて来た。僕は噴煙を眺めたままで耳を傾けて、この声の近づくのを待つともなしに待っていた。

「人影が見えたと思うと『宮地やよいところじゃ阿蘇山ふもと』という俗謡《うた》を長く引いて、ちょうど僕らが立っている橋の少し手前まで流して来た。その俗謡の意《こころ》と悲壮《ひそう》な声とがどんなに僕の情《こころ》を動かしたろう。二十四、五かと思われる屈強《くっきょう》な壮漢《わかもの》が、手綱《たづな》を牽《ひ》いて僕らの方を見向きもしないで通ってゆくのを、僕はじっとみつめていた。夕月の光を背にしていたからその横顔もはっきりとは知れなかったが、そのたくましげな体躯の黒い輪郭《りんかく》が今も僕の目の底に残っている。

「僕は壮漢の後ろ影をじっと見送って、そして阿蘇の噴煙を見あげた。『忘れ得ぬ人々』の一人はすなわちこの壮漢である。

「その次は四国の三津浜《みつはま》に一泊して、汽船《きせん》便を待った時のことであった。夏の初めと記憶しているが、僕は朝早く旅宿を出て汽船の来るのは午後と聞いたので、この港の浜や町を散歩した。奥に松山を控えているだけこの港の繁盛は格別で、分けても朝は魚市が立つので、魚市場の近傍《きんぼう》の雑踏《ざっとう》は非常なものであった。大空は名残なく晴れて朝日麗《うらら》かに輝き、光る物には反射を与え、色あるものには光を添えて雑踏の光景をさらに殷々《にぎにぎ》しくしていた。叫ぶもの呼ぶもの、笑声嬉々《しょうせいきき》としてここに起これば、歓呼怒罵《かんこどば》乱れてかしこに湧くというありさまで、売るもの買うもの、老若《ろうにゃく》男女、いずれも忙しそうに面白そうに嬉しそうに、駈けたり追ったりしている。露店が並んで立ち食いの客を待っている。売っている品は言わずもがなで、食ってる人は大概船頭船方《せんどうふなかた》の類《たぐい》にきまっている。鯛《たい》や比良目《ひらめ》や海鰻《あなご》や章魚《たこ》が、そこらに投げ出してある。なまぐさい臭いが人々の立ち騒ぐ袖や裾に煽《あお》られて鼻を打つ。

「僕は全くの旅客でこの土地には縁もゆかりもない身だから、知る顔もなければ見覚えの禿《は》げ頭もない。そこで何となくこれらの光景が異様な感を起こさせて、世のさまを一段鮮やかに眺めるような心地がした。僕はほとんど自己《おのれ》をわすれてこの雑踏の中《うち》をぶらぶらと歩き、やや物静かなる街の一端《はし》に出た。

「するとすぐ僕の耳に入ったのは琵琶《びわ》の音であった。そこの店先に一人の琵琶僧が立っていた。歳《とし》の頃四十を五つ六つも越えたらしく、幅の広い四角な顔の、丈の低い肥えた漢子《おとこ》であった。その顔の色、その目の光はちょうど悲しげな琵琶の音に相応《ふさわ》しく、あの咽《むせ》ぶような糸の音につれて謡《うた》う声が沈んで濁って淀《よど》んでいた。巷の人は一人もこの僧を顧《かえり》みない、家々の者は誰もこの琵琶に耳を傾ける風も見せない。朝日は輝く浮世《うきよ》は忙《せわ》しい。

「しかし僕はじっとこの琵琶僧を眺めて、その琵琶の音に耳を傾けた。この道幅の狭い軒端《のきば》の揃わない、しかも忙しそうな巷の光景がこの琵琶僧とこの琵琶の音とに調和しないようで、しかもどこかに深い約束があるように感じられた。あの嗚咽《おえつ》する琵琶の音が、巷の軒から軒へと漂うて勇ましげな売り声や、かしましい鉄砧《かなしき》の音と雑《ま》ざって、別に一道の清泉が濁波《だくは》の間を潜《くぐ》って流れるようなのを聞いていると、うれしそうな、浮き浮きした、面白そうな、忙しそうな顔つきをしている巷の人々の心の底の糸が自然の調べをかなでているように思われた。『忘れ得ぬ人々』の一人はすなわちこの琵琶僧である」

ここまで話して来て大津は静かにその原稿を下に置いてしばらく考え込んでいた。

戸外の雨風の響きは少しも衰えない。秋山は起き直って、

「それから」

「もうよそう、あまり更《ふ》けるから。まだいくらもある。北海道歌志内《うたしない》の鉱夫、大連湾《だいれんわん》頭《とう》の青年漁夫、番匠川《ばんじょうがわ》の瘤《こぶ》ある舟子《ふなこ》など僕が一々《いちいち》この原稿にあるだけを詳しく話すなら夜が明けてしまうよ。とにかく、僕がなぜこれらの人々を忘るることができないかという、それは憶い起こすからである。なぜ僕が憶い起こすだろうか。僕はそれを君に話して見たいがね。

「要するに僕は絶えず人生の問題に苦しんでいながら、また自己将来の大望《たいもう》に圧《あっ》せられて自分で苦しんでいる不幸《ふしあわ》せな男である。

「そこで僕は今夜のような晩に独り夜更けて燈《ともしび》に向かっていると、この生《せい》の孤立を感じて堪《た》え難いほどの哀情《あいじょう》を催《もよお》して来る。その時僕の主我《しゅが》の角《つの》がぼきり折れてしまって、何だか人懐かしくなって来る。色々の古いことや友の上を考えだす。その時油然《ゆぜん》として僕の心に浮かんで来るのは、すなわちこれらの人々である。そうでない、これらの人々を見た時の周囲の光景の裡《うち》に立つこれらの人々である。われと他と何の相違があるか、皆これこの生を天の一方、地の一角に享《う》けて悠々たる行路を辿《たど》り、相携《あいたずさ》えて無《む》

窮《きゅう》の天に帰る者ではないか、というような感が心の底から起こって来て、われ知らず涙が頰《ほお》をつたうことがある。その時は実に我もなければ他《ひと》もない、ただたれもかれも懐かしくって、忍ばれて来る。

「僕はその時ほど心の平穏を感ずることはない、その時ほど自由を感ずることはない、その時ほど名利《めいり》競争の俗念消えて総《すべ》ての物に対する同情の念の深い時はない。

「僕はどうにかしてこの題目で僕の思う存分に書いて見たいと思うている。僕は天下必ず同感の士あることと信ずる」

その後二年経った。

大津は故《ゆえ》あって東北のある地方に住まっていた。溝口の旅宿で初めてあった秋山との交際は全く絶えた。ちょうど、大津が溝口に泊まった時の時候であったが、雨の降る晩のこと。大津は独り机に向かって瞑想《めいそう》に沈んでいた。机の上には二年前秋山に示した原稿と同じの「忘れ得ぬ人々」が置いてあって、その最後に書き加えてあったのは「亀屋の主人」ではなかった。

「秋山」ではなかった。

# おわりに

作品について、私感を書こうと思っていたのだけれど、やめることにした。蛇足《だそく》にすらならないような気がしたから。小説のいいところは、答えがないことだと思っている。正しい読み方はない。そんなことを言いながらも、小説を買うとつい一番最初に解説を読んでしまう。そうか、そういう風に読まなければいけないんだ、それが正しいんだ、そう思い込んで読んでいた。でも本当はそうじゃないんだって、やっと分かった。

誰しも若かりし日、一度は太宰治にかぶれる。それが正しい青春だと思っていた私も、中学生のときに「人間失格」を読んで、あまりのつまらなさに辟易《へきえき》した。それはつまらないのではなく、当時の私の心に近すぎたからだと気が付いたのは、歳を重ね随分大人になってからだった。つまらない現実から目を逸らすために小説を読んでいた中学生には、小説の中にある現実が耐え切れなかったのだろう。それも青春。

後年、「グッド・バイ」を読んで驚いた。とても読みやすく、しかも極めて面白い。

未完であるがゆえに完成されているという、不思議な作品。最後まで書かれていたら、私はきっと、こんなにも好きにはならなかっただろう。不完全なもののほうが魅力的で、不思議で、とてつもなく大きなものなのだと知った。

小説は、読まなければならないものではない。そこがコーヒーとよく似ている。コーヒーを飲まなくても、人は生きていける。どちらも、あってもなくてもいいけれど、あれば生活が豊かになる。だから小説とコーヒーはよく合うのだ。

小説の中には過去も未来もある。だけど読んでいる今がすべてだ。この本に載っている十二編を読んで古いと感じただろうか。私の答えは「否《いな》」。人の営みは変わらない。どんなに便利な世界になっても、生まれて、恋をして、悩んで、働いて、死んでいく。これは未来永劫《えいごう》、ずっと変わらない。

ここに収めた作品は、きっと百年後でも古くはならない。なぜなら、生まれたときから新しくはなかったからだ。新しいものは一番に古びる。でも、いいものは、ずっといいままなのだ。

結局何が言いたいかというと、小説は面白いということ、それだけ。

（追記）

なぜか選んだ小説の大半に、魅力的な女性が登場する。掲載する順番を決めているときから、ひとりの女性の姿と彼女の歌声がずっと頭の中にあった。「グッド・バイ」の永井キヌ子も、「野萩」の幹邦子も、「夜長姫と耳男」の夜長姫も、「愛撫」の猫も、みんな安藤裕子さんだった。

庄野雄治

## 著者紹介

◎太宰治（だざい・おさむ）
一九〇九年―一九四八年。小説家。青森県生まれ。本名は津島修治。一九三五年「逆行」が第一回芥川賞の次席となる。翌年初の作品集『晩年』を刊行。作品に「富嶽百景」「走れメロス」「津軽」「お伽草紙」「斜陽」「人間失格」など。本書掲載の「グッド・バイ」は、執筆途中に玉川上水で入水自殺したため、未完のままとなった。

◎芥川龍之介（あくたがわ・りゅうのすけ）
一八九二年―一九二七年。小説家。東京府（現・東京都）生まれ。東京帝国大学英文科在学中から小説を発表し、短編「鼻」が夏目漱石の絶賛を受ける。一九一七年第一短編集『羅生門』を上梓。作品の大半が短編小説で『今昔物語集』『宇治拾遺物語』などの古典を題材にしたものも多い。「蜘蛛の糸」「杜子春」「犬と笛」他、児童向けの作品も数多く執筆している。

◎宮沢賢治（みやざわ・けんじ）
一八九六年―一九三三年。詩人、童話作家。岩手県生まれ。十代の頃から短歌を書き始める。その後、農業研究家、農村指導者として活動しながら詩、童話の創作を続けた。作品に「銀河鉄道の夜」「風の又三郎」「注文の多い料理店」「どんぐりと山猫」「よだかの星」「セロ弾きのゴーシュ」など。生前に刊行された作品集は詩集『春と修羅』と童話集『注文の多い料理店』の二冊のみで、没後に高く評価され、多数の作品が刊行された。

◎江戸川乱歩（えどがわ・らんぽ）
一八九四年―一九六五年。小説家。三重県生まれ。本名は平井太郎。貿易会社勤務、古本屋、新聞記者など様々な職業を経て、一九二三年雑誌『新青年』に「二銭銅貨」を発表。推理小説を得意とし、日本における本格推理小説の開祖である。戦後は推理小説の評論家としても活躍。一九四七年探偵作家クラブ（後の日本推理作家協会）の初代会長となり、一九五四年には江戸川乱歩賞を設立するなど、推理作家の育成にも尽力した。

◎岡本かの子（おかもと・かのこ）

一八八九年―一九三九年。小説家、歌人、仏教研究家。東京府（現・東京都）生まれ。本名は岡本カノ。文芸誌『明星』『スバル』に短歌を発表。一九一〇年漫画家の岡本一平と結婚し、翌年、のちに芸術家となる岡本太郎を出産。一九二九年に一家でヨーロッパに渡り、三年後に帰国。一九三六年芥川龍之介をモデルにした小説「鶴は病みき」を発表。その後も「母子叙情」「老妓抄」など、次々と作品を発表した。

◎梶井基次郎（かじい・もとじろう）

一九〇一年―一九三二年。小説家。大阪府生まれ。一九一九年電気エンジニアを目指して第三高等学校理科甲類に入学。在学中に肺結核にかかり、五年をかけて卒業。闘病中、次第に文学への関心を高め、一九二四年東京帝国大学英文科に入学。しかし病が次第に悪化し、初の創作集『檸檬』刊行をした翌年、三一歳で逝去。梶井が残した二十余りの作品は、今なお多くの人たちから賞讃されている。

◎横光利一（よこみつ・りいち）
一八九八年―一九四七年。小説家、俳人、評論家。福島県生まれ。本名は横光利一《としかず》。小説家、劇作家の菊池寛に師事。一九二三年菊池が創刊した『文藝春秋』に「蠅」を、『新小説』に「日輪」を発表し人気作家となる。翌年川端康成らとともに『文藝時代』を創刊、新感覚派と呼ばれ注目された。作品に「上海」「機械」「紋章」「旅愁」など。

◎二葉亭四迷（ふたばてい・しめい）
一八六四年―一九〇九年。小説家、翻訳家。江戸市ヶ谷（現・東京都）生まれ。本名は長谷川辰之助。外交官を目指して一八八一年東京外国語学校露語科に入学。一八八六年小説家の坪内逍遥と出会い親交を結び、写実主義のもとに書かれた小説『浮雲』を刊行。本作は言文一致体で書かれ、日本の近代小説の開祖となった。

◎久生十蘭（ひさお・じゅうらん）
一九〇二年―一九五七年。小説家、演出家。北海道生まれ。本名は阿部正雄。劇作家の岸田國士に師事し、岸田が発行する演劇雑誌『悲劇喜劇』の編集に携わる。一九二九年パリに渡り、レンズ工学と演劇論を学ぶ。帰国後は雑誌『新青年』に作品を発表。推理小説、歴史小説、現代小説、ノンフィクションなど多種多様な作品を執筆し、多面体作家と呼ばれた。

◎坂口安吾（さかぐち・あんご）

一九〇六年—一九五五年。小説家、評論家、随筆家。新潟県生まれ。本名は坂口炳五《へいご》。一九三〇年友人らと同人雑誌『言葉』を創刊（二号で廃刊後、『青い馬』と改題し岩波書店から新創刊）。翌年『青い馬』に発表した「風博士」を小説家の牧野信一に絶賛され、新進作家として注目される。一九四六年に発表した「堕落論」「白痴」が評判となり、無頼派の作家として一世を風靡した。

◎田山花袋（たやま・かたい）

一八七一年—一九三〇年。小説家。群馬県（当時は栃木県）生まれ。本名は田山録弥《ろくや》。尾崎紅葉や江見水蔭の指導を受け、自然主義的な作品『重右衛門の最後』で文壇に認められる。一九〇七年代表作のひとつと称される告白的な暴露小説《蒲団》を発表。

島崎藤村らとともに自然主義文学の代表的作家となる。『南船北馬』『東京の三十年』などの優れた紀行文も多数執筆し、晩年には『源頼朝』など歴史小説も発表した。

◎国木田独歩（くにきだ・どっぽ）

一八七一年―一九〇八年。詩人、小説家、編集者。千葉県生まれ。本名は国木田哲夫。田山花袋らとの共著詩集『抒情詩』に「独歩吟」を発表し、浪漫主義の詩人、小説家として出発。ワーズワスらの影響を受け「武蔵野」などを発表。「牛肉と馬鈴薯」の頃から写実主義に傾倒し、自然主義文学の先駆者のひとりとなる。また、雑誌『婦人画報』の創刊者であり、編集者としての手腕も高く評価されている。

## 底本一覧

グッド・バイ　『太宰治全集十五巻』　八雲書店　一九四九年
桃太郎　『芥川竜之介全集第四巻』　岩波書店　一九三五年
水仙月の四日　『宮沢賢治全集第八巻』　筑摩書房　一九五六年
日記帳　『江戸川乱歩全集第十二巻』　春陽堂　一九五五年
鮨　『短篇集　鮨』　改造社　一九四一年
愛撫　『梶井基次郎全集上巻』　六蜂書房　一九三四年
七階の運動　『新選横光利一集』　改造社　一九二八年
嫉妬する夫の手記　『二葉亭四迷全集第八巻』　岩波書店　一九六五年
野萩　『久生十蘭全集Ⅱ』　三一書房　一九七〇年
夜長姫と耳男　『夜長姫と耳男』　大日本雄弁会講談社　一九五三年
少女病　『太陽』　博文館　一九〇七年
忘れえぬ人々　『武蔵野』　民友社　一九〇一年

## 表記について

本書では、原文を基本にしながら、読みやすくするために次の方針で文字表記に変更を加えた。

◎旧仮名づかいで書かれたものは現代仮名づかいに、旧字で書かれたものは新字に改める。
◎代名詞、副詞、接続詞などの一部を、平仮名に改める。
◎送り仮名の一部を、昭和四八年に内閣告示(昭和五六年一部改正)された「送り仮名の付け方」の基準に基づき改める。
◎読みにくい漢字にふり仮名を付ける。

また、一部に今日では不当・不適切と思われる語句や表記が含まれているが、作品発表当時の時代背景や作品価値を考え、原文のままとした。

## 編者紹介

◎庄野雄治（しょうの・ゆうじ）
一九六九年―。コーヒーロースター。徳島県生まれ。大学卒業後、旅行会社に勤務。二〇〇四年に焙煎機を購入し、コーヒーの焙煎を始める。二〇〇六年徳島市内に「アアルトコーヒー」を、二〇一四年同じく徳島市内に「14g」を開店。主な著書に『誰もいない場所を探している』『たぶん彼女は豆を挽く』『徳島のほんと』（福岡晃子との共著）『コーヒーの絵本』（平澤まりことの共著）、編書『コーヒーと短編』『コーヒーと随筆』（いずれも小社）、短編小説集『たとえ、ずっと、平行だとしても』（Deterio Liber）がある。

モデル・スタイリング・メイク　安藤裕子
ヘア　小田代裕
撮影　大沼ショージ
挿絵　木下綾乃
編集・装幀　藤原康二
協力　立木裕也（株式会社ホリプロ）、カワウソ、NAOT TOKYO

コーヒーと小説　新装版

二〇二一年一一月一七日　初版第一刷

編者　庄野雄治
発行者　藤原康二
発行所　mille books（ミルブックス）
〒一六六－〇〇一六　東京都杉並区成田西一－二一－三七　＃二〇一
電話・ファックス　〇三－三三一一－三五〇三
発売　株式会社サンクチュアリ・パブリッシング（サンクチュアリ出版）
〒一一三－〇〇二三　東京都文京区向丘二－一四－九
電話　〇三－五八三四－二五〇七　ファックス　〇三－五八三四－二五〇八
印刷・製本　シナノ書籍印刷株式会社

　ISBN978-4-910215-08-2　C0193